もふもふ相棒と異世界で新生活!!

神の愛し子? そんなことは知りません!!

著 ありぽん

イラスト .suke

主な登場人物

クルクル
ホフティバードの子供。
姿を隠してみんなの
様子を見守っていた。
フィル
元はカナデが
助けようとした子犬。
神獣フェンリルに
生まれ変わる。
望《もち》月《づき》奏《かなで》
元中学生。
神様の手違いで
2歳児として
異世界に転生した
「神の愛し子」。

エセルバード
アリスターの
お父さん。
里で一番強い
ドラゴン。
アビアンナ
アリスターの
お母さん。
怒らせると、
エセルバードも
敵わない。
アリスター
ドラゴンの子供。
まだ人間の姿には
なれない。

プロローグ

「危ない!!」

なんて中学生の僕――望月奏《もちづきかなで》の言葉が分かるわけもなく、狭い道の真ん中に座り込んでいる子犬。

そこに、車が猛スピードで迫ってきます。

ドンッ!!

次の瞬間、とっさに子犬を抱えた僕は、体にかなりの衝撃と、息ができないほどの痛みを感じました。抱えた子犬をなんとか見ようとするけど、頭を動かすことはできなくて……どうにか目で確認すれば、ぐったりしている子犬の姿がチラッと見えました。そして、すぐに意識が遠のく感覚が強くなっていきます。

僕はいいんだ。別に僕がいなくなっても、悲しむ人はいないし。保護者と言われている人たちはいるけれど、彼らにとって僕はただの邪魔者でしかないし、本当の家族じゃないから。

でも子犬は……もしかしたら、子犬の家族が探しているかも。子犬のことを大切に思ってくれている家族がいるかも。それだったら、なんとか無事に帰ってもらいたいんだけどな。

そんなことを思いながら、僕は目を閉じました。

＊

「ん？」

僕は目を開けました。一瞬何が起こっているのか分からなくて、キョロキョロと周りを確認します。だって、今までに見たことのない光景が広がっていたから。今、僕は何もないただの白い空間にいました。

あれ？　さっきまでどうしていたっけ？　確か学校の帰りに、すぐに家に帰りたくなくて、いつもとは別の道を通って帰ってたんだよね。それで、道の真ん中でうずくまっている子犬を見つけて。危ないなと思って、子犬を道の真ん中から動かそうと考えていたら……

そうだ!!　スピードを出した車が!!　僕は子犬を庇《かば》って、車に轢《ひ》かれたはず。そして、子犬をしっかり確認することもできずに意識が……

でも……ここは？　病院……なわけないよね。ここは何もないただの白い空間。一体僕はどこにいるの？　轢《ひ》かれてからどうなったの？　子犬は？

自分が車に轢《ひ》かれたことまでは思い出したけど、次から次に疑問が湧《わ》いてきます。そのとき、ちょっと離れた場所で声が聞こえました。

「望月奏」

僕は声がした方を見ます。そこには今の白い空間よりも、さらに白く、そして輝いている玉が浮いていました。

な、何？　なんで白い玉から声が？　僕は警戒しながら、白い玉から少しだけ距離を取ります。

だって絶対におかしいし。

『おかしくはないぞ』

「⁉」

なんで僕の考えたことを⁉

『まあ、お主が警戒するのは当たり前じゃが、怪しい者ではない。それに、わしがお主の考えていることが分かるのも、不思議ではない』

僕の考えていることが分かる⁉　一体どういうこと⁉　大体白い玉は何なんだろう？　危険なものなんじゃ？　勝手に人の考えていることを当ててくるし、僕の名前知ってたし。

なんて、また色々考えてると、そのときまた声がしました。

『神様‼　いきなり現れて自分のことは何も話さずに、考えていることを言い当てたら、誰だって驚きます‼　大体、勝手に人の考えていることを読むなんて、何をしているんですか‼』

今度は女の人の声とともに、白い玉の横に、ポンと黄色く輝く玉が現れます。

そして、その黄色い玉が白い玉に体当たりを始めました。

……今、神様って言った？　僕の聞き間違いじゃない？　白い玉が神様？

僕はさらに頭の中が混乱しました。その間も、黄色い玉の白い玉に対する攻撃は続きます。

『い、痛いじゃろう!!』

『痛いじゃろう、ではありません！　普段だったらまだしも、今回は神様のせいでこんな状況になっているんですよ!!　そこへ来て勝手に考えを読んで、彼を警戒、混乱させるなんて!!』

『そ、それはすまん。つい、いつもの調子でのう。これからは気をつける』

『そう言って、何回失敗すれば気が済むんですか!!』

僕の名前を知っていた白い玉。そしてその白い玉を叱《しか》る黄色い玉。なんか僕のこと忘れてない？

う〜ん、危険か危険じゃないか、あんまり話しかけたくはないけど……でも、今の状況も全然分からないし、ここはあの玉たちに、話を聞いた方がいいのかな？　それに、さっきの神様って言葉も気になるし。

仕方なく、僕は玉に声をかけてみることにしました。

「あ、あの」

『今回のこともこれからのことも、色々話すことはあるんです。なのにまったく！』

『じゃから、すまんかったと……』

喧嘩《けんか》してるせいで、僕の声が聞こえてない？　僕はさらに大きな声で話しかけます。

「あの!!」

『何!?』

『すまんかった!!』

二つの玉がこちらを向いた気がしたので、僕はビクッとしてしまいます。そして、白い空間は静まり返りました。

「あ、あの……」

『あ、あらごめんなさい。大きな声を出しちゃって』

『まったくじゃ。お主が大きな声を出すから、完璧に警戒しておるではないか』

『何を言っているんです!!　それは神様の……と、危ない危ない。またこのバカ神のせいで、話が進まなくなるところだった』

バカ神。今バカ神って言ったよね!?　え？　白い玉はやっぱり神様？　……いや、本当にそうなのかな？　そもそも、僕の知っている神様と違うかもしれないし。

『お主の知っている神で、あっているぞい』

「!?」

『……いい加減に』

『し、しもうた!!　す、すまんすまん!!』

『考えを読むなと言っているでしょう!!』

思いっきり黄色い玉がぶつかり、向こうへ吹っ飛ぶ白い玉。これが僕の、新しい生活の始まりになるなんて、このときは思ってもいませんでした……

＊

『望月奏、本当にすまんかった！　この通りじゃ』

『本当にごめんなさい。このダメ神のせいで!!』

白い玉だった神様が、人の姿――お爺《じい》さんの姿に変わって、僕の前で土下座をしています。

その隣では、神様の部下らしき、黄色い玉から変わった綺麗《きれい》な女の人が、一緒に土下座した後すぐに立ち上がり、どこからか出したピコピコハンマーみたいなもので神様のお尻《しり》を叩《たた》いていました。

『いたっ！　今謝っとる最中じゃろうが！』

『全然足りないくらいです!!』

「あ、あの！　分かりましたから、とりあえずこれからの話を聞かせてください!!」

僕の言葉にハッとして、女の人はすぐに正座に戻りました。一方、神様はお尻《しり》をさすりながら、姿勢を正します。今までも、神様が脱線する度に女の人が怒って、何度も話が止まっていました。いい加減話を進めて、これからのことを決めたいのに。

うん、結論から言うと、白い輝く玉は、本当に神様でした。どうして神様と分かったか？ う～ん、僕も神様に会うのは初めてだし、神様って証拠を見せてもらったわけじゃないけど。

でも、話を聞くうちに、そして色々なものを見せられているうちに、自然と本当に神様なんだって分かったような、そう感じるようになったんだよね。

そして、神様や部下の女の人から聞いたのは、僕が本当は死ぬはずじゃなかったのに、神様の手違いにより死んでしまったってこと。

まず僕があの子犬を助けたとき、本当はあの道を通るはずじゃなかったんだって。別の男の人があの子犬を助けようとして、亡くなる予定だったみたい。

でも、何かの影響で僕があの道を通っちゃったらしい。それに気づくのが遅れた神様は、僕を助けようとしたんだけど……今度は、僕を止めるために使う力を間違えてしまいました。それで慌《あわ》ててさらに力を間違えて……そんなことをしているうちに僕は……っていうのが真相なんだとか。

神様が力の使い方を間違うってどうなのかな？ だって神様なんだよ。なんでも分かって、なんでもできちゃうのが、神様のはずなのに。

でもねこの神様、女の人が言うには、どうにもおっちょこちょいの神様みたいで。今まで僕のように、死んでしまう人はいなかったけど、危なかった人は何人もいるって。いつもいつも女の人が、落ち着いてしっかり力を使いなさいって怒ってるらしい。

それから、こういったことが起こらないように、しっかりと世界を見なさいとも。今回神様が気づくのが遅れたのはおやつを食べていたからだそうです。

もちろん本来なら神様はそういうときでも、しっかりと色んなことを感じ取れるはずなのに……お菓子《かし》に夢中になりすぎだよ。

……こう、本当に神様なのって感じはしても、やっぱりお爺《じい》さんは神様で、そして僕は自分が死んだことを納得できました。

「それで、これからのことなんだけど。僕はどっちを選んでもいいんだよね、この子と一緒に」

『ええ、もちろんよ。その子もあなたと離れたくないみたいだし、どちらを選んでも必ず一緒に行けるようにするわ』

話によると、神様は僕を死なせてしまったお詫《わ》びに、新しい世界へ行くか、このまま自然に生まれ変わるまで神様の世界でゆっくり過ごすか、選ばせてくれるみたいです。

もちろん、すぐに新しい世界へ行くのならば、今の記憶はそのままに、色々必要なものを持った状態で運んでくれるとのこと。いきなり知らない場所に行くんだもんね。最低限の物は持っておかないと。

あっ、新しい世界。どこに行くかは行ってからのお楽しみだって。お楽しみ……お詫《わ》びなんだから、どこに行くかくらい教えてくれてもいいのにね。

そして、僕が『この子』と呼んだのは……僕が助けようとした子犬のこと。子犬の方は元々の寿命だったみたいで、あのとき僕以外の人が助けようとしても、結局死んでしまっていたんだとか。

本来は生まれ変わるはずだったところ、僕のことを好きになってくれたみたいで、神様や女の人が色々話をしても、僕から全然離れません。だから、このまま僕がどっちを選択したとしても、一緒にいさせてくれることになりました。

僕も、そんなに僕のことを好きになってくれた子犬と別れるのは寂《さび》しいし、一緒にいられるのなら、その方がいいに決まってるよね。

う～ん。すぐに新しい世界へ行って生活するか、それとも次の生まれ変わりを待つか。新しい世界、一体どんなところなんだろう？　僕はまだ見たことのない特別な世界だって、さっき説明されたんだけど……

せっかくなら、特別な世界へ行くのもいいかな。どんな生活が待っているかは分からなくても、話を聞いたときから、ワクワクしてるんだよね。僕は子犬を抱き上げて聞いてみることにしました。

だって一緒にいるんだから、子犬の気持ちも聞かないとね。

「僕は新しい世界へ行こうと思うんだけど、どうかな?」

「くう〜ん……ワンッ!!」

子犬は少し何かを考えるような表情を見せたあと、元気よく吠《ほ》えました。

『その子も、それでいいって言っているわ』

「そっか!! よし、それじゃあ決まりだね!!」

「ワンッ!!」

神様と女の人は、子犬の考えもバッチリ分かるからね。そう、神様たちは人の考えていること、思っていること、なんでも分かっちゃいます。

じゃあどうして、最初神様は女に人に怒られたか。それは、勝手に人の心を読むのはいけないことだからです。もちろん神様なので、何か悪の気配を感じたり、よくないものを感じたりするときは、すぐにその人の心や考えていることを読むそうです。僕の場合はそんな嫌な気配はしないはずだし、しかも今ここにいる原因は神様にあるからね。

そんな僕の考えを許可なく、しかもあのときはなんの説明も受けていなかったから、女の人は神様を怒ってくれたんだとか。

『よし、決まりじゃな!! では、すぐに必要なものを用意する』

そう言うと、神様がパンッと手を叩《たた》きました。そして準備はできたって言います。え? それだけ？　手を叩《たた》いただけで準備ができちゃうの？　さすが神様、すごいね。

『詳しい説明をすると長くなるからの。向こうに着いたら、とりあえずステータスオープンと言っとくれ。そうすれば、お主の能力と、お主が疑問に思っていることへの回答がされるじゃろう』

ん？　ステータスオープン？　それって、あの小説とかアニメとかでよく見る？

『とと、長く話しすぎたわい。この空間もそろそろ閉じるぞ』

ええ？　まだ色々聞きたいことあるんだけど。なんで急にそんなバタバタに？

『神様、十分に時間は取っておいてくださいと、あれほど!!』

『す、すまん。思っていたよりも少なかったわい』

『だからいつもいつも、しっかりしてくださいと。まだ彼は聞きたいことがあるんですよ！』

神様は女の人にピコピコハンマーでお尻《しり》を叩《たた》かれます。それを見て、へっと笑うような表情を見せる子犬。ダメだよ、そんな顔したら。可愛《かわい》い顔が台なしだよ。僕は子犬の顔をモミモミ揉《も》みます。

『じゃが、もうこの空間は閉じる!!　奏、すまんがあとは向こうで確認してくれ。それと、すぐにではないが、お主が向こうの世界に馴染《なじ》めば馴染《なじ》むほど、我々との繋がりが強くなり、そのうちまた会うことができるじゃろう。それまでなんとか頑張《がんば》ってくれ』

なんとか？　なんとかって何!?　なんて話をしているうちに、神様と女の人の姿が歪《ゆが》みはじめました。僕は慌《あわ》てて子犬を抱きしめます。

どうしてこんなバタバタなの？　なんでちゃんと最後まで話ができないんだよ？　そう思って神様に文句を言いたかったのに、歪《ゆが》んだ部屋全体が光りはじめて、僕は目を瞑《つぶ》ります。そのとき――

『しもうた！　色々と間違えてしもうた!!』

『なんですって!?　このバカ神!!　今度は何をしたんですか!!』

という声が聞こえてきました。神様、本当に今度は何をしたの!?

＊

『いや、色々間違えてしもた』

『どうするんです、あの森は……すぐに見つけてもらえれば大丈夫だとは思いますが……それにカナデの体、あれは完全に幼児じゃありませんか！　送る場所にも送れない、体もそのままにできない。まあ、若返ったことはいいですが。まったく、本当にそれでも神ですか！』

『お主が最後、焦《あせ》らせるからじゃ』

『せめてステータスだけでも、しっかり見せてあげないと』

『…………』

『……神様、まさか？』

『ぴゅろぉぉぉ～』

『……この、バカ神ぃぃぃぃ!!』

1. 間違いだらけ？　僕と子犬の変化

『ねえ、おきてなの』

「う～ん」

『おきてなの、カナデ』

「うう～ん、にゃあに？　だれぇ？」

本当に誰？　なんか小さい子が近くにいるみたいだけど。僕は寝てるから静かにしてね。

『ついたなのカナデ。あたらしいせかいちゅいた！　あっ、きをつけないと、ことばがあかちゃんになっちゃうなの』

新しい世界？

「!?」

僕はガバッとうつ伏せの状態から起き上がります。でも、そのまま後ろに倒れそうになって――

そのとき、誰かが僕を支えてくれました。どうも、今聞こえていた声の主が支えてくれたみたい。

『カナデ、だいじょぶなの？』

「う、うん、ありがちょ」

ん？　変な感じがしたまま振り返ります。そこにいたのは大きなもふもふで、ふわふわの、とっても可愛《かわい》い犬でした。他には誰もいません。

『カナデ、すぐついたねえ。ちゃんといっしょ、よかったねなの』

話し続ける白い可愛《かわい》い犬。いやいやいや、なんで犬が喋《しゃべ》ってるの？　僕は思わず犬から離れようとして立ち上がったところ、よろけて再びその場に座ってしまいます。

『カナデ、まだからだなれてない、きをつけるなの。ボクもさいしょフラフラ』

「なりぇてにゃい？　ん？　ありぇ？　しゃべっちぇりゅのはぼく？」

『カナデ、ボクよりもあかちゃんみたい。からだもちいさくなっちゃったなの』

可愛《かわい》い犬にそう言われて、僕は自分の体を確かめます。すると……

とっても小さい手に、小さい足に、小さな子供が履くような可愛《かわい》い靴《くつ》。つまり、小さな体に小さい服を着ている僕……え？　誰？　本当に僕？　なんで僕こんなに小さくなってるの？

『かみさま、バイバイのとき、まちがったっていってたなの。だからちいさくなっちゃったのかなあなの』

そうだ‼　僕は神様とその部下の女の人に会ったんでした。それで、僕が助けようとした子犬と一緒に、新しい世界で生活するって決めて……まだまだ聞きたいことがあったのに、神様が間違えたみたいで、僕たちがいた空間が消えはじめちゃって……

それから最後、聞こえてきた声は……

僕はゆっくりと顔を上げて可愛《かわい》い犬を見ます。大きさはゴールデンレトリバーと同じくらいかな？　毛はもふもふのふわふわな感じで、抱きしめたらとっても気持ちが良さそうです。

ただ、体は大きいのに、顔つきや表情はまだまだ子供みたい。そしてその顔は……

「こいにゅ？」

『うん！　あのねえ、ここにきたら、からだがおおきくなってたなの。それで、カナデはからだがちいさくなってて、きっとかみさまがまちがえたなの。ダメダメなかみさまなのぉ。まちがいいっぱい』

うん、ダメな神様だよね……って、そうじゃなくて。まずは、今の状況から把握《はあく》しなくちゃ。

大きく深呼吸して気持ちをどうにか落ち着かせ、ゆっくりと周りを見渡します。

たぶん神様のあの言葉――

『しもうた！　色々と間違えてしもうた‼』

あれは、今の体がかなり小さくなっちゃって、言葉も赤ちゃん言葉になっちゃってる僕と、体は

大きいけどやっぱり子犬なこの子のことだと思うんだけど……他にもね。

僕たちの周りには今、たくさんの木が生えていて、草や花もいっぱいで、どう見てもここは森か林の中です。確かに、新しい世界に連れていってくれるとは聞いていたものの、絶対にここじゃないと思います。

僕たちのところだけちょっと開けていて、その中央に座っていると、綺麗《きれい》な小鳥の鳴き声が聞こえてきました。

『ぼくねえ、カナデがねてるとき、まわりみてみたなの。でもずっときばっかりなの』

「しょか……きばっかり、にゃにもない？」

『うん、なにもないなの。あっ、それよりカナデのことば、ボクみたいになれてきたら、もとにもどるかもなの。でも、ボクもときどきまだあかちゃんのことばになりゅ。あっ、またなっちゃったなの』

そうか、子犬の言う通りなら、この言葉遣いはどんどん話したら元に戻るかも。ここは積極的に話した方がいいよね。どのくらいで元に戻るかは分からないけど。

だってどう考えても、この言葉遣いはこの小さな体にあってるから。ただ、もう少しだけでもなめらかに話せたら楽だよね。

さて、子犬が見てくれた感じ、周辺は木ばっかりで何もないなら、僕たちはこれからどうしたらいいんだろう。こんな小さな子供と、体は大きいけどやっぱり子犬の一人と一匹だけで。どのくらいの規模の森か林かは分からなくても、僕たちだけでは絶対に危険だよ。なるべく人のいる場所に行きたいなあ。でもその前に……

確か神様は『着いたらステータスオープン』って言えって話していました。そんな魔法みたいなこと、本当に僕にできるのかな？　でも、何をしたらいいか分からないし、とりあえずやってみよう。

そうすれば、どうして子犬と話ができるのかも分かるかもしれません。そもそも、子犬と話せるって普通じゃないよね。僕は子犬と話ができて嬉しいけど。というか神様、大丈夫かな？　何も起こらなかったら困るなあ。そこも間違ってたなんてことになってたら……

僕が不安そうにしているのに気がついたのか、子犬がそばに座って、心配してくれます。

『カナデ、だいじょうぶ、しんぱいなの？』

「だいじょぶ、かみしゃまいっちゃ。すちぇーちゃしゅおぷん、やっちゃみる」

『そかっ!!　やってみるなの！』

ちゃんと言えてないけど大丈夫かな？　僕は大きく息を吸って——

「すちぇーちゃしゅおぷん!!」

そう言った瞬間、僕の前に薄い青色の透明《とうめい》な画面が現れました。おお!! 本当に小説やアニメみたいにできました!! これは神様も失敗してなかったみたいだね。よかったよかった。

『カナデ、なんかでたなの!?』

「うん、こりぇが、すちぇーちゃしゅみちゃい」

『そか! かみさま、これはまちがえなかったなの！』

「うん、しょだね！」

出てきた透明《とうめい》の画面を覗《のぞ》き込む僕と子犬。

『ねえ、これなになの？ ボクぜんぜんわかんないなの』

「うんちょ、こりぇわぁ……」

最初に表示されているのは僕の名前。カタカナでカナデって書いてあって、その次は種族かな。『人間』って書いてあるよ。それから……年齢が二歳になっていました。これ、絶対神様のせいだよね。

その他には、なんか変な文字と記号が並んでいて、ぜんぜん読むことができません。これで何を説明しようっていうのかな？ ただ、その分からない文字と記号だらけの中に、少しだけ分かる部分もありました。契約魔獣って表示があって、子犬に名前をつけてあげるように書いてあります。

そっか。いつまでも子犬って呼ぶのはおかしいよね。だって、僕たちはこれから一緒に過ごすんだから。う～ん、僕が考えてもいいけど、子犬は自分で、何か気に入った名前があるかもしれません。よし、早速聞いてみよう。

他にも分かる部分はあるものの、それは後回しにして、まずは大切な名前から。

「ね、にゃまえ、にゃにがい？」

『なまえなの？』

「うん！　ぼくはぼくだけど、こいにゅはぼくのこちょ、かにゃでいうでちょ。かにゃでがにゃまえ。こいにゅもにゃまえかんがえりゅ。にゃまえたいしぇちゅ。じゅっといちょ、にゃまえいりゅ」

『ずっといっしょ!!　うれしいなの!!　なまえかんがえるなの!!』

子犬がジャンプしながら、僕の周りをぐるぐる飛び回ります。それから何か好きな名前とか、つけてほしい名前はないか聞いてみても、名前のことなんて今まで考えたことなかったらしくて、僕につけてほしいって言いました。

いいのって確認しても、僕がいいって、ワクワクした表情で僕の前にお座りしました。

元々、何もなかったら僕が考えようと思っていたとはいえ、なんか責任重大だな。しっかり考えなくちゃ。どんな名前がいいかな？　もふもふだから『もふ』？　それとも、もこもこだから『もこ』？　他には……

あっ、僕って言ってるけど、子犬は男の子なのかな？　それに、他にも色々と分かればなあ。ステータスボードを見れば分かるのかな？　僕はすぐにステータスボードを確認してみます。

そうしたら、子犬のことが書いてあったすぐ下のところに、対象物に向かってステータスオープンって言うと、その対象物のステータスを見ることができるって書いてありました。

なるほど、対象物の情報が見たいときもステータスオープンでいいんだね。これはいいかも。どんな人、生き物か知りたいときに便利です。まあ、勝手に見るつもりはありません。だって、誰だって自分のことを勝手に見られるのは嫌だろうからね。必要なときにだけ使うようにしよう、うん。

とりあえず、子犬に向かってステータスオープンと言います。僕のときみたいに、子犬の前にステータスボードが現れました。

『わあ、ボクのまえにも、カナデとおなじのでたなの！』

「しぇいこ!!」

早速確認してみます。僕と同じく、名前と種族が書いてあって、名前のところにはただの棒線が引いてあります。まだ名前がないからでしょう。そして種族のところには、フェンリルの赤ちゃんって書いてありました。それから男の子だって。

フェンリルの赤ちゃん？　フェンリルって、やっぱり小説やアニメに出てくる？　どうなのかな？　でも、可愛《かわい》い子犬には変わりないから、子犬の種族がなんであろうと、別に問題はありません。

それからも、子犬のステータスボードを見ます。でも、僕のと同じで知らない文字や記号ばかりで、他は分かりませんでした。

ちょっと神様、ステータスボードくらいしっかり見せてよ。これから、僕たちは新しい世界で生活するんだよ。これじゃ、何をしたらいいか分かんないじゃん。それに、こんな何もない場所に僕たちを連れてきて。

子犬の名前を決めたら、これからどうするかしっかりと考えなくちゃ。だって、ご飯とか飲み水とか、問題だらけだもん。

う～ん、フェンリルの赤ちゃんかあ。フェン？　フェル？　リル？　なんか違うなあ、しっくりこない。僕はしっかりと子犬を見ます。

あっ！　そういえば、小さいとき、まだ両親がいて幸せだった頃、少しの間だけ老犬を飼っていたっけ。その子の名前がフィルだったたな。

この子犬、どこかフィルに似てる気が……こう雰囲気《ふんいき》っていうか、はっきりとは言えないんだけど……

「にぇ、にゃまえ、これど？　ふぃりゅ」

『フィル、それがボクのなまえなの？』

「どお？」

『う〜ん……』

考える子犬、ドキドキして待つ僕。そして――

『うん、ボクのなまえはフィルなの!!　カナデがかんがえてくれた、たいせつななまえなの!!　ありがちょなの!!　あっ、しっぱい。ありがとなの!!』

子犬のフィルは喜んで僕の周りを飛び跳《は》ねます。これからよろしくね。少しして、跳《は》ね回るのをやめたフィルを僕は抱きしめます。うん、やっぱりもふもふ、もこもこ、とっても気持ちがいい。

名前が決まり、改めてフィルのステータスボードを確認してみたら、名前のところに『フィル』って書かれていました。良かった、しっかり反応してるね。

と、ホッとしたときでした。いきなり木々の向こうの草むらからガサゴソ音が聞こえてきました。

フィルが僕の前に立って、草むらに向かって唸《うな》りはじめます。

「ふぃりゅ？」

『あぶないのくるなの！　ボクがカナデまもるなの!!』

フィルがそう言った瞬間、草むらから、イノシシみたいな生き物が飛び出してきて、僕たちの方へ突進してきました。

「ふぃりゅ！　あぶにゃい!!」

『ダメ！　カナデまもるの!!』

そしてイノシシみたいな生き物が、フィルに体当たりしそうになったとき――

『僕が先に、そいつに気づいたんだよ!!』

その言葉とともに横から何かが現れて、イノシシを吹き飛ばしました。木にぶつかって倒れるイノシシ。でも、よろけながらも立ち上がろうとしていました。そして僕たちの前には、フィルと同じくらいの大きさのドラゴンが立っていました。

ビックリしすぎて、僕は呆然《ぼうぜん》とドラゴンを見つめてしまいます。一方のフィルは、すごいすごいとはしゃいでいます。

待ってフィル！　フィルがそのままドラゴンの方へ行こうとするから、慌《あわ》てて止めました。だってさっきの言葉、たぶんこのドラゴンが言ったはずです。『僕が先に気づいたんだよ!!』って。確かにイノシシは吹き飛ばしてくれたけど、今度はドラゴンが僕たちを襲ってくるかもしれません。

そこへ、立ち直ったイノシシが頭をフルフルさせて、また僕たちの方に突進してきました。

『あれ？　僕のケリが効いてない？　じゃあ、もう一回』

ドラゴンは、向かってきたイノシシを、今度は反対方向に吹き飛ばしました。

『これで大丈夫……あれえ、また立っちゃった。もしかして変異種だった？　僕、間違えちゃったみたい』

イノシシは再び飛ばされて木に激突しました。でも、かなりの衝撃があったはずなのに、また立ち上がります。それに、ドラゴンの言葉。間違えちゃった？　変異種？　なんのこと？

『う～ん、変異種だと、まだ僕だけじゃ無理かなあ。ねえねえ、キミは魔法使える？　僕だけじゃ無理だから、一緒に戦ってほしいんだ』

魔法？　魔法って、あの魔法？　呪文を唱えると、火が出たり、水が出たり、ものを浮かせたりする？　僕はぶんぶん頭を横に振ります。

『そっかあ。でも、なんとか倒さないと、みんなとゆっくりお話できないし、う～ん』

『ハイハイ!!　ボク、まほうしらないなの！　でもきっとたいあたりとか、けったりできるはずなの!!　さっきあのいきものとばしたとき、けったでしょなの。あれならできる、たぶんなの!!』

え？　蹴った？　ドラゴンがイノシシを蹴ったのが見えたの？　僕には、イノシシがドラゴンにぶつかる前に、飛んでいったようにしか見えなかったよ。

『そっか!!　じゃあ次にこっちに突進してきたら、僕と一緒に蹴飛ばして。その後、ゆっくりお話ししようよ！』

『うん!!』

待って待って、なに二匹で話を進めてるの。というかフィル、戦ったことなんかないでしょう！それなのに、どうして『たぶん』でイノシシを倒そうとしてるの!?

慌《あわ》ててフィルを止めようとしたんだけど、その前にイノシシが再び戦闘態勢になってしまいました。二歳児の僕は二匹に下がっててって言われます。ああ、もう!!

今の僕じゃ何もできません。なんにもできないことがこんなに歯痒《はがゆ》いなんて。せめて、ドラゴンが言ったように魔法が使えて、バリヤとか、フィルたちを強くさせられたらいいのに。

そのとき、僕の胸あたりが急に温かくなった気がしました。

『あれ？　これ、なんだろう？　何か力が湧《わ》いてくる感じ』

『フィルも、フィルもなの！　つよくなったきがするなの、がんばるなのぉ!!』

フィルがはしゃいでいます。そしてイノシシが、今度も勢いをつけて突進してきました。ドラゴンは、今度は自分から向かっていきます。フィルにもついてきてと言い、フィルはドラゴンのすぐ後を追います。

飛んでイノシシに向かうドラゴン、それに走って追いつくフィル。そして――

『せえので蹴ってね!!』

『わかったなの!!』

『せえの!!』

『たぁ～なのぉ!!』

シュパーンッ!!

二匹がイノシシにぶつかりそうになった瞬間、今まで通りイノシシが弾き飛ばされました。でも、今までと違うところもあります。

さっきまでは、飛ばされたイノシシはその辺の木にぶつかっていました。でも今度は、弧《こ》を描くように空を飛んで、最後にはその姿が完全に見えなくなりました。

そして、地面に着地したフィルとドラゴンは、二匹でポーズを取りました。ドラゴンは両手を上げてイエ～イって感じ。フィルはなぜか右前足と左後ろ足を器用に上げています。なんでそんなポーズとは思ったけど、可愛《かわい》いからいいよね。

それからドラゴンはフィルに、『他にも近くに魔獣がいないか確認してくるから待ってて』と言いました。そして、フィルが僕のところに戻ったのを確認した後、フラフラとその辺を飛びはじめます。

『カナデ、ボクすごい？　がんばったなの？』

「うん、ちょっちぇもしゅごい!!　ふぃるはちゅよいにぇ」

褒《ほ》めながらいっぱい撫《な》でてあげたら、フィルはしっぽをブンブン振って喜びました。本当に可愛《かわい》いなあ。しかも、とっても強い。目には見えなかったけど、ドラゴンと一緒で、たぶんイノシシに蹴りを入れたんだよね。フィルがこんなに強いなんて。頑張《がんば》ってくれてありがとうね。

それから、ドラゴンにもお礼を言わなくちゃ。お話ししようって言ってたし、僕たちを助けてくれたもんね。ただ、警戒はしておいた方がいいかな。まだはっきりと大丈夫って決まったわけじゃないもん。もし、いきなり襲われたら？

今度は僕がフィルを守るんだ！　何ができるか分かんないけど……それでも、頑張《がんば》ってフィルを守ろう！

ようやくフィルの全身を撫《な》で終わった頃、ドラゴンが僕たちのところに帰ってきました。フィルは僕よりも大きいから、全身を撫《な》でるのは、けっこう大変でした。

『近くには何もいないみたい、もう大丈夫だよ。これでゆっくりお話できるね』

『あのねあのね、ぼくたちのことたすけてくれて、ありがとなの!!』

「うん！　ありがちょ!!」

『どういたしまして!!　じゃあじゃあ、お話ししよう！　僕ね、人間とお話ししてみたかったんだ。だって、とう様はなかなか人間のいるところに連れていってくれないんだもん』

「としゃま？　ちかくいりゅ？」

『うんとね、僕は近く。でも人間は遠いかも』

どういうこと？

『それでそれでね、まず人間の子供はどこから来たの！　それから、そっちの魔獣はどこから？

それと二匹とも家族なの？　あっ！　でも人間の小さい子だけで、ここにいるわけないよね。とう様やかあ様はどこにいるの？　この辺には誰もいなかったけど』

ゆっくり話ができる、なんてことはなく、ドラゴンは一気に質問をしてきます。

待って待って、まずは自己紹介からしない？　だってドラゴンとか、人間の子供とか、魔獣とか。

フィルなんてせっかく名前が決まったんだから、ちゃんと名前で呼ぼうよ。

「ま、まっちぇ。えちょね、ぼくのにゃまえはかにゃで」

『ボクのなまえはフィルなの！　カナデがかんがえてくれた、とってもカッコいいなまえなの!!』

『そっか！　カナデとフィル、こんにちは!!　そうそうご挨拶《あいさつ》忘れてたよ。とう様はご挨拶《あいさつ》大事だって、いつも言ってるのに。えと、僕の名前はアリスターだよ』

『わあ、アリスターもカッコいいなまえなの！　ボクたちにひきともカッコいいなの!!』

『うん、カッコいい!!』

肩を組んで体を揺《ゆ》らして喜ぶ二匹。しかもそれぞれバラバラに鼻歌を歌いはじめます。出会ったばかりなのに、もう仲良しって感じで、僕だけが取り残されてる気がしました。ちょっと僕も仲間に入れてよ。

「ふちゃりちょも、しゅわっちぇ。おはなちでちょ？」

『あ、そうだった。いけないいけない』

『えへへ、うれしくてふわふわなの』

ふわふわ？　フィル、それはどういう気持ちなの？　気持ちがふわふわするほど嬉しいってこと？

僕の言葉で、二匹は静かになります。それからフィルは僕の隣に、アリスターは僕たちの前に座りました。僕はまず、さっきアリスターが聞いてきたことについて、答えることにします。

どこから来たのかについては、返事をする前に、ここまでの出来事を考えてみました。

イノシシみたいだけど、僕の知っているイノシシじゃないこと、ドラゴンのアリスターがいること。あと、空を見上げれば太陽が二つ浮かんでいることから、ここは絶対に地球じゃないって確信しました。うん、思わず太陽を二度見しちゃいます。

でも、ちょっとしか驚きませんでした。まあ、こんな世界もあるよねって思ったくらい。だって、先にドラゴンのアリスターに出会ってるんだもん。

だからね、地球って言っても分からないだろうから、とってもとっても遠くから来たって言いました。地球の説明するのは大変だし、それに何より、今地球の話をしたら、またアリスターの質問が止まらなくなって、話が進まなくなりそうだし。

それから、フィルとの関係は、もちろん家族って答えました。家族になったばかりだけど、僕の大切な家族。他の家族はいないって言いました。本当のことだしね。

『ふぇ～、とっても遠くから、ここまで二匹で来たの？　ここは、一番近い人間が住んでる街からでも、人間は二十日くらいかかるんだよって、とう様が言ってた。とう様や大人が飛んでいけば、三日くらいだって。そこよりも遠くからなんだあ～』

あ～、まあそうだよね。ドラゴンのアリスターのお父さんたちなら、もちろんドラゴンだよね。大人のドラゴンが、どのくらいの大きさかは分からないけど、空を飛んでいけば、ささっと目的地までついちゃうよなあ。

『あのねえ、フィルたち、ここまでおくってもらったのなの。でもたぶん、くるところここじゃなかったなの』

『送ってもらったの？　でも、違うところに行くはずだったの？』

『えっとねえ……』

「まっちぇふぃる、ぼくかんがえりゅ」

どこまで話していいのかな？　神様のこと話しても大丈夫？　変に思われないかなあ。だいたい、この世界に神様って存在しているのかな？

なんて色々考えているうちに、アリスターは早く話してってせっつくせいか、待ってって言ってるのにフィルが話を始めちゃって――

『あのねえ、かみさまっていうひとが、いろいろまちがえて、あたらしいばしょにおくるから、そこでくらしなさいっていったなの。でもここにおくってくれるとき、まちがったっていったなの。

それでいっしょにいたおんなのひとが、バカがみっていって、そうしたらボクたちはここにいたなの』

『女の人？　神様？　僕の知ってる神様かな？　けど、僕の知ってる神様はバカ神なんて言われてないし。その人がここに間違って送っちゃったんだ』

『えとねえ、ほかにもいろいろダメダメなバカがみさまなの』

と、これまでの神様の失敗を、アリスターに全部話したフィル。それを聞いてダメだねえとか、それも間違えたのとか、全部に反応を返してくれたアリスター。最後にはまた二匹で肩を組んで――

『神様はダメダメダメ』

『まちがいダメダメなの』

『『ダメダメ神様、なのぉ!!』』

と、即興《そっきょう》で作った歌を大きな声で歌っていました。あ～あ神様、まあ色々と、間違える神様が悪いんだけど、フィルたちに完璧にダメ神様で覚えられちゃったね。

「ふたりちょも、しゅわっちぇ！」

『『あ！』』

二匹が苦笑いをして頭を掻《か》きながら、僕の方へ戻ってきました。なかなか話が進まないよ。

『そっかあ、じゃあ、本当の場所に送ってもらってたら、二匹には会えなかったんだね。神様はダメダメ神様だけど、僕は二匹に会えて嬉しい！』

『ボクもなの!!』

「ぼくも!!」

さっきからアリスターは僕とフィルのことを呼ぶとき二匹って言うけど、ドラゴンは、人間も一匹二匹って数えるのかな？

『じゃあ、これから本当に行くはずだった場所に行くの？』

「うんちょね、ほんちょうにいくばちょ、しりゃにゃいにょ。どこにいっちゃいいか、わかりゃにゃい」

『だからボクたちこまってるなの。ねえねえアリスター、ここはどこなの？』

『ここは僕たちドラゴンが住んでる、ドラゴンの森だよ』

え？　ドラゴンの森？　僕たちそんな危険そうな場所に送られていたの!?

『ドラゴンのもり？』

『そうだよ。ここはとっても大きな森で、いっぱいドラゴンが住んでるから、ドラゴンの森って言うんだって、とう様が言ってた。えっとねえ、ドラゴンの里が三つあって、僕は一番大きな里に住んでるの』

『さと？　さとってなになの？』

『僕が住んでる場所のことだよ』

『アリスターみたいなドラゴンがいっぱいなの？』

『僕は里で一番年下で、一番体が小さいんだよ。とう様はあっちにある大きな木よりも、もっと背が高くて、とっても大きいんだ。他にも大きなドラゴンがいっぱい』

「どりゃごん、いっぱ？」

『うん!!　それからねえ、三つある里の中で、僕の住んでる里が一番強いの。あとあと、その里の中でもとう様が一番強いんだよ。ドラゴンの森の中で一番なんだ。すごいでしょう!!』

『ドラゴンいっぱい、とってもつよいなの！　それからアリスターのとうさま、いちばんつよいなの！　しゅごいねえ。あ、またことばが……すごいねえなの！』

『えへへへ、僕の大好きなとう様なの』

　僕の驚きをよそに、フィルとアリスターがどんどん話をしていきます。フィル、喜んで話してるけどドラゴンだよ。とっても強いドラゴンの里が三つに、いっぱいのドラゴンなんだよ。

　それに、アリスターが言ってた、アリスターのお父さんの大きさ。さっきアリスターが指差した、あっちにある大きな木ね、平屋の建物よりも高い木なんだけど……その大きさで羽まで広げたら、どれだけ大きいの!?

『すごいなあ、すごいなあなの。ボク、アリスターのとうさまたちに、あってみたいなあなの』

『あっ、じゃあお家に来る？』

『ほんとう？　いっていいなの？　やったぁ!!　カナデいっていいなの!!』

「え!?」

僕は思わず驚きの声を出してしまいました。フィルは喜んでいます。待って、そんなに勝手に行っていいの？　だってドラゴンの里だよ。知らない人間と知らないフィルがいきなり現れたら問題にならない？

アリスターが連れていってくれたとしても、不審者扱いされて、食べられちゃったりしたら……せっかく神様に新しい世界に送ってもらったのに、すぐに死ぬなんて嫌だよ。それに、フィルとも家族になったんだから。まあ、神様のせいで、本来とは全然違う場所に送られてきたみたいだけど。そう、このドラゴンの森に。でも……

『とう様も他の大人ドラゴンも、少し前までは人間がいっぱい住んでる場所によく行ってたんだ。だからみんな久しぶりの人間に、カナデに会えたら、きっと喜ぶはずだよ。それに僕はフィルみたいな魔獣を見たことないから、もしかしたらとう様たちもフィルを見たら初めてだって喜ぶかも』

え？　そうなの？　人間がいっぱいいる場所に行ってたの？　大きな体で？　街は壊れなかった？　家とかさ。僕、この世界の人間にまだ会ったことないけど、人間もドラゴンみたいに大きいとか？

『それにね、カナデもフィルも、ダメダメ神様のせいで、行く場所が分かんないんでしょう？　あのね、今いる場所は危ないんだよ。さっきみたいな魔獣がよく出る場所なんだ。だから、僕の里に来た方が安全だよ』

『わわ!?　たいへん!!　カナデ、アリスターのおうちにいったほうがいいなの!!』

僕は考えます。確かに何も分からない場所で、しかもこんな何もないところで、またあの生き物に襲われたら大変です。それに、お水やご飯のことだって問題だし。

さっきのアリスターの話が嘘じゃなかったら、ドラゴンたちは人間に慣れてるから、いきなり殺されたりはしないはず。

何もできないまままさっきみたいに襲われて、すぐにこの世界とお別れするか、何も食べるものが見つけられなくて、そのままお別れすることになるか。そんなのどっちもお断りだよ。なら、今は生きる可能性が高い方にしなくちゃ。

それにね……僕もちょっとドラゴンの里を見てみたいんです。だってドラゴンだよ。地球にいたら絶対に見られないやつ。もしかしたら、アリスターみたいに仲良しになれるかも。

黙っちゃった僕に、フィルが心配して聞いてきます。

『カナデ、だめなの？』

「……ううん！　しょんにゃことにゃい！　ぼくも、ありしゅたのとうしゃまにあいちゃい!!」

『決まり!!　わあ、僕が人間のお友達を連れていったら、とう様もかあ様も喜んでくれるかなあ。新しい友達。ふへへへ』

『ふへへへへなのぉ』

決まったらすぐに行動開始です。まずは、どうやってアリスターのドラゴンの里まで行けばいいのかな？　アリスターとフィルが同時に僕を見て、『飛べる？　走れる？』って聞いてきました。

うん、無理!!　さっき立ったときフラフラしちゃって、走るどころか歩くのも危ないようです。ただでさえ、この世界にまだ体が馴染《なじ》んでない感じなのに、体は二歳児。下手したら、歩行訓練から始めないと。

『そっか、そうだよね。人間でも飛べる人間と、飛べない人間がいるもんね。それに、カナデは魔法が使えない、まだとっても小さい人間』

『さっきたったらフラフラしてたなの。だからはしるのもダメなの』

う〜ん。みんなでどうしようか考えます。アリスターの話だと、アリスターが飛んでいけば、さっさと着いちゃうみたい。それから、さっきの動きからすると、フィルが走ってもささっと着いちゃうみたい。

ただ人間の、しかもチビの僕は……平らな道ばっかりじゃないし、池や川を越えていかないといけないらしいです。

池も川も岩の上を飛んで進めるフィルたちは問題なしなんだけどね。いや、僕には絶対無理だよ。どうしようかな？　行けるところまでとりあえず歩いてみる？　う～ん。

『あっ‼　いいこと思いついた‼』

黙って考えていたら、急にアリスターが大きな声を出しました。

2．色々な移動方法、そして僕の叫《さけ》び声

アリスターの提案で、とりあえずフィルがちゃんと走れるか確認することにしました。まずは僕たちが送られた、あの開けている場所で走ってみます。その次はアリスターの指示に従って、ちょっと遠くまで走ってみたり、木の間を走り抜けてみたりしました。

他にも色々やりました。例えば木に登るとか。最初何回か滑《すべ》り落ちたフィル。でも途中から木に上手く爪を立てて、サササッと登れるようになりました。そのあとは木の枝に座ったり、その上でジャンプしたりできるか確認をします。

さらに、木から木にジャンプ。何回か落ちちゃって、その度に僕は目を瞑《つぶ》って、とっても心配し

ました。でもフィルは全然怪我《けが》することもなく、かすり傷さえ負わず、それどころか落ちることすら楽しかったようです。落ちても笑ってるんだもん。本当、心配だから気をつけてよね。

最初こそ木から落ちていたフィルだけど、すぐにジャンプも上手にできるようになりました。ただそうなったら、わざと落ちて遊ぶようになっちゃって……僕がもうダメって言ったら、里に行ったら落ちて遊ぼうって、二匹で約束していました。

木から木へ飛ぶのは、地面を歩けないときのために練習した方がいいって言われたからです。例えば、池や川がありますし、それから沼もあります。そこを渡るために石や木が倒れていればいいけど、もしそういうのがなかったら？　そのときは木から木を渡って移動するんだとか。

アリスターは空を飛べるから問題ありません。でも、フィルはね。ただ練習を見た感じ、なんも問題なくできていました。これなら大丈夫って、アリスターも言っていました。

さて、最後の問題だった僕もアリスターの『いいこと思いついた!!』で解決です。でもそれは、ちびっ子で、しかも今までそういう経験のなかった僕には、かなり刺激的な方法でした。

その方法とは、僕をアリスターとフィルが順番に運ぶというものです。アリスターは僕を掴《つか》んで、フィルは僕を背中に乗せて。

とはいえ、フィルはまだ一度も、誰かを背中に乗せて走ったことなんてないし、僕だって犬……じゃなかった、フェンリルに乗ったことがありません。

乗れるかどうかを確認します。なんとか乗れはしたものの、僕が長い間しっかりとフィルに掴《つか》まっていられません。フィルもバランスを取るのがまだ難しそう。

だから、平らな道のときはフィルに乗せてもらって、ごちゃごちゃしている場所はアリスターに運んでもらうことになりました。でも――


「むにょおぉぉぉ〜!!」

『ふへへ、カナデのこえおもしろいなの!!』

『フィル！　ちゃんと僕についてきてね。迷子になっても僕もすぐに見つけられるし、フィルもにおいで見つけられると思うけど、僕たちじゃ敵《かな》わない魔獣とあっちゃうとたいへんだからね！』

『うん！　しっかりついていくなの!!　それでとちゅうでこうたいなの!!』

「ぬにょおぉぉぉ〜!!」

今、僕はアリスターに掴《つか》まれた状態で空を飛びつつ、叫《さけ》んでます。しかも変な声で。本当は「わぁぁぁ!!」とか、「ぎゃあぁぁぁ!!」とか叫《さけ》んでるつもりなのにね。ちびっ子の体のせいもあるだろうし、僕の周りに吹く風が強すぎることもあると思います。ほっぺがブルブル、プルプル。

二匹のスピードが、考えていたよりも、そして練習のときよりも全然速かったんです。僕は飛びはじめてからずっと叫《さけ》んでいました。

体は風で真横になり、まるで台風のときに外に干されている洗濯物みたいになっています。

もう少しゆっくりって言ったんだけど、二匹は楽しくてしょうがないみたい。分かったって、少しはゆっくりになるものの、すぐに元に戻ってしまいます。

『あっ!! フィル、止まって!!』

――と、急なアリスターの声に、フィルがちゃんと反応して止まります。僕はその勢いでアリスターの手の中でグルンと一回転しました。ふぃ～。もう! なんなの!

『フィル、あそこ飛んでる魔獣分かる?』

『あのあかいやつなの?』

少し向こう、確かに赤い、アリスターよりも大きな鳥が飛んでいました。

『そうあいつ。あいつは力は弱くても、目がいい。こっちに向かってきてるってことは、かなり前から僕たちのことに気づいていてたんだよ。避けてもいいんだけど、それだとずっとついてきちゃうから、さっきみたいに倒そうと思うんだ。フィルも一緒にやってくれる?』

『いいなの! またければいいなの?』

『うん。あそこの大きな木まで移動するから、そこから飛んであいつに攻撃して。僕も一緒に蹴りを入れるからね』

『わかったなのぉ!!』

待って待って。ずっと追われるのは困るけど、その間の僕は？　下で待ってればいいの？

『カナデは僕が掴《つか》んだまま攻撃するからね』

え？　アリスターが掴《つか》んだまま？　え、え？

『大丈夫、カナデくらい軽ければ、攻撃のときでも落とさないで、しっかり掴《つか》んでいられるよ。さ、向こうの木のところに移動しよう』

「ありしゅたー、まっちぇ！」

『カナデ、どうしたの？　あいつすぐに来ちゃうから、お話はあとでね』

違うよアリスター、今お話し中なんだよ。木の上に留《と》まるなら、せめて僕をその木のところに置いておいて。落ちないようになんとか枝に座ってるから。

……なんて僕は話をすることもできずに、フィルとアリスターはさっさと木の上に移動してしまいます。フィルなんて、もう完璧って感じです。

『いい？　僕はお尻《しり》のあたりを蹴るから、フィルはお腹を蹴ってね』

『うん!!　わかったなの!!』

「だかりゃ、ちょまちゅ」

『う～ん、こう蹴るなら、カナデは手で掴《つか》んだ方がいいかな。よし、じゃあいくよ。また僕がせえのって言うから、一緒に蹴ってね』

『うんなの!!』

「だかりゃ、ぼくにょはなち……」

そして、ガシッとアリスターの手に掴《つか》まれたままの僕。鳥は目の前に迫っていました。

『行くよ、せえの!!』

『たぁ!! なのぉ!!』

「まっちぇぇぇ!!」

『とぉ!!』

「ひょおぉぉぉ!?」

僕の制止も虚《むな》しく、アリスターとフィルは飛び出します。

一瞬でした。アリスターが速く動きすぎて、周りのことがよく見えません。でも何かにぶつかった感覚はありました。島の魔獣かな？ その感覚の後に、僕の体はアリスターに掴《つか》まれたお腹を中心にぐるんぐるんと何回転かして、その後はブラブラ揺《ゆ》れられていました。プロペラみたいに回ったんじゃないかな……？

それから、二匹はさっきとは別の木の上に着地します。ここで一旦、アリスターから解放されました。ぼけっとする僕に聞こえてきたのは、はしゃぐフィルたちの声です。

『わあ!! さっきよりもとんだなの!!』

『本当だね！　すごく飛んだね！　うんうん成功。フィル！　やったぁ‼　しよう』

『うんなの！』

二匹は肩を組んでから手を上げて、『やったぁ‼』のポーズをした後、二匹で考えた鼻歌を歌いはじめました。僕はそれを眺《なが》めます。

いいねえ二匹とも。とっても気があってるようです。僕はまだちょっと目が回っています。頭もちょっとだけフラフラしてるし。

それで、鳥はどこに飛んでいったの？　喜ぶ二匹をなんとか止めて、鳥がどこに飛んでいったか聞いたら、さっきのイノシシのようにかなり遠くに飛んでいったみたいです。もしかしたら、この森の出口くらいまでは飛んでいったかもって。

え？　そんなに？　この森がどれだけ大きな森か知らないけど、でもドラゴンたちが住んでいて、しかもドラゴンの里が三つもあるんだよね？　かなり大きな森のはず。

それに、さっき飛んで連れていってもらっているときに、ちょっとだけ上から下を確認したら、ずっと同じ木ばっかりの光景でした。

それだけ大きなドラゴンの森の出口まで飛んでいったの？　いくら二匹の力が強いとはいえ、そんなに飛んでいくの？　へぇあ、すごいねえ。なんか感心しちゃいました。

それに比べて僕は……叫《さけ》んだのと、プロペラみたいにグルグル回っただけ。誰か僕に魔法の使い方を教えてくれないかな。

『うんうん、これなら少し強い魔獣にあっても大丈夫そう。じゃ、ささっと行こう!!』

『うんなの!!』

「う、うん」

また叫《さけ》びながら行くことになるのか……そう思っていると、アリスターが今度は足で僕を掴《つか》みました。

「うにょおぉぉぉ!!」

やっぱり声が出てしまいます。

その後も大変でした……鳥みたいな魔獣に出くわすたびに同じことをやるし、おまけに、僕たちに気づいていない魔獣にまで攻撃を仕掛けていました。僕は毎回、プロペラみたいに回るはめに。

でも、二匹は魔獣を倒すと、肩を組み手を上げて鼻歌。いいねえ本当に楽しそうで。

そんなことがどれくらい続いたのか、急にアリスターが止まりました。そして、ほら向こうを見てって言われます。アリスターが指差した方を見たら、建物らしきものがいっぱいありました。それも、かなり大きなものがいっぱい。

ログハウスみたいな建物や、日本の一軒家みたいな建物もありました。小説とかに出てくる、昔のヨーロッパの建物みたいなのも。そして一番奥には、さらに大きな大きなお屋敷が見えました。

あそこが、アリスターが住んでるドラゴンの里なんだって。

ふへえ、あんまり地球と変わらない？　この世界の人間の街がどんなのか、分からないからなんとも言えないけど、あれならそんなに気にしなくても大丈夫そう。

いやだって、ドラゴンだよ？　そう、小説みたいに森や山に住んでるなら、洞窟《どうくつ》で暮らしてるのかなって思ってたんだもん。そうしたら全然違くて、普通に建物が建ってたから、ちょっと安心しました。

『あそこまで後少し。ここからは、そんなにごちゃごちゃした面倒な道はないから、フィル、カナデを乗せて走ってみる？』

『ほんとう⁉　ボクね、はやくカナデのせてあげたかったなの！　うれしいなあなの‼』

フィルがニコニコ、前脚に顔を擦《こす》りつけながら、しっぽをブンブン振ります。

『あのねあのね、ボク、カナデをのせて、いろんなところにつれていってあげたいの。それでいっぱい、たのしいがあるとうれしいなの！』

フィル……ありがとう、そんなこと考えてくれてたんだね。僕はフィルがいる場所ならどこだっていいんだよ、フィルが楽しいならね。でも二人一緒に楽しい方が、もっといいもんね。

僕はフィルを撫《な》でてから抱きしめました。

そうだ。もし僕がこの小さい体でもちゃちゃっと動けるようになって、食料とかの問題や魔獣たちの相手の仕方とか、色々なことが解決したら、二人で冒険に出るなんてどうかな？　この世界は僕たちの知らないことばかりだから、きっとすごく楽しいと思うんだ。今度フィルに話してみよう。

でもまずはその前に、僕たちがアリスターのドラゴンの里に行って、彼らにどんな反応をされるのかが気になります。はあ、里の建物を見て安心したのに、ドキドキしてきちゃったよ。

『じゃあまずは、カナデを乗せて、ちょっと歩いてみよう。それで大丈夫なら少し速く走ってみて。それでまたまた大丈夫なら、今までくらい速く走ってみよう！』

『うんなのぉ!!』

ん？　今までみたいに？　いやいやいや。今までみたいには無理だと思うよ。だって、今まではアリスターが僕を掴《つか》んでいたからいいけど、今度は僕が自分でフィルにくっついてないとダメなんだから。

「あ、あにょね……」

『ささ、カナデ乗って』

『カナデ、のるなの！』

いやだから僕の話を……ぐいぐいアリスターに押される僕。そして僕を乗せるのに、準備万端なフィル。結局何もいえないまま、僕はフィルに乗ることになりました。

「ふぃりゅ、ゆっくりにぇ」

『うん、わかったなの。さっきはごめんなの』

『まだ乗って走るのはダメだったね。もう少し行ったら、また僕と交代しよう。それでちゃちゃっと家まで行こうね』

＊

フィルはゆっくりとしたテンポで歩いています。アリスターは僕がフィルから落ちないように、隣に並んで歩きながら、僕を支えてくれています。

乗って歩く前に、もう一回僕がちゃんと乗れるか確認したところ、乗るのは大丈夫でした。最初開けた場所で乗れたみたいにね。それから、ゆっくり歩くのも平気でした。

ただ、早歩きになると、フィルの首に掴《つか》まってるのが大変になってしまいます。でも、そのことをフィルたちに伝えようとしたら、僕を乗せて喜んだフィルが思いっきり走り出そうとして……

うん、やったよね。一瞬で手が離れちゃって、僕はドサッと地面に落ちてしまいました。頭はぶつけないですんだけど、お尻《しり》と肩を思いっきりぶつけて、もう痛いったらないよ。

中学生のままなら、まだ我慢《がまん》できたかもしれません。けれど、体がちびっ子になってるからなのか、涙が溢《こぼ》れて止まらなくなりました。

その後、時間はかかったもののなんとか涙は止まりました。でもお尻《しり》の痛さと肩の痛さは全然治らないまま。どうしようかと思っていたら……

どうも、怪我《けが》を治してくれるドラゴンがいるみたいです。えと怪我《けが》や病気を治す魔法があって、その魔法を使えるドラゴンが、アリスターのドラゴンの里にはいるんだとか。

どうせ今からアリスターの住んでいる里に行くんだから、そのドラゴンに治してもらおうと思います。

怪我《けが》が余計ひどくならないように、今は我慢《がまん》して、そっとフィルに乗ります。

なかなか怪我《けが》や病気を治せる魔法——治癒《ちゆ》魔法を使えるドラゴンはいないんだって。人でもそんなにいないみたい。エルフとかはけっこう使えるようだけど。

そう、新しい情報。この世界には色々な種族がいました。ドラゴンだったり魔獣だったり、人間に獣人にエルフに。他にもいるそうです。

『カナデ、いたい？　ごめんなしゃいなの』

「いちゃいけど、なおちてもらうかりゃ、だいじょぶ！　でもゆっくりにぇ、いきにゃりはやくだめ」

『うんなの!!』

フィルは、完全にしっぽが下がっちゃってます。確かにはしゃぎすぎたフィルたちのせいなんだけど、新しいこと、楽しいことばっかりで、テンション上がっちゃうのはしょうがないよね。今度から気をつけてくれればいいんだから元気出して。

そうだ、もしゆっくり歩けるなら、後でいっぱい撫《な》でてあげようかな。僕が撫《な》でると、フィルはとっても嬉しそうな顔するから。

『僕もごめんなさい。ちゃんと支えるからね』

「ありがちょ」

フィルの背中に乗っての移動は、なんとも言えない初めてになってしまいました。でも、フィルの乗り心地は最高だよ！　高級な絨毯《じゅうたん》に乗ってるみたい。ただ、触っただけで気持ちいいのはわかってたし、開けた場所でちょっと乗っただけでも、その気持ちよさはわかっていました。

長い間乗ってみて、さらにそれを実感します。しかもフィルが気をつけて歩いてくれてるおかげで揺《ゆ》れが少なく、この揺《ゆ》れも気持ちいいんです。このまま寝ちゃいそうなくらいに。

そうだ！　そのことも考えなくちゃ。寝るのに必要な物を用意しないとね。寝る場所は……最悪何か、屋根になるようなものがあるところがいいな。あと、できれば地面に寝ないですむと体が痛くならないからいいよね。

後でフィルに聞いてみて、もしフィルがいいよって言ってくれたら、フィルに寄りかかって寝かせてもらおうかな？　それか、その辺の木の葉を集めてその上で寝るとか。

あ〜あ、次から次に問題が。まったく、これも全部神様のせいだからね。本当は神様、僕たちをどこに送るつもりだったんだろう？　人間が住んでいるところかな？　それとも他のところ？　体もね、中学生のままだったら、もう少し動けたのに。

なんて考えているときでした。またまたアリスターが急に止まりました。アリスターがこうするのは、魔獣が近づいてきたときか、里のことか、そろそろ自分とフィルが交代って言ってくるときです。

今度は何？　魔獣だったら、僕を振り回さないでって話さないと。僕はアリスターに声をかけようとします。でも、その前にアリスターが声を出しました。僕の考えていたことは、全部が違いました。いや、あってるのはあってるんだけど、ちょっと違うっていうか。

『あっ！　とう様が来たよ!!　僕の帰りが遅かったから迎えにきたみたい。とう様が迎えにきてくれたなら、里まで一瞬だよ』

え？　アリスターのお父さん？　どこどこ？　いきなりの大人ドラゴンの存在に、僕は慌《あわ》ててしまいます。ま、待って、心の準備が!!

いきなり、それまで僕たちを照らしていた太陽の光が消えて、周りは天候が悪くなったみたいに暗くなりました。

僕たちが上を見ると、そこにはアリスターを何十倍にも大きくした、ドラゴンの大きなお腹がありました。

『とう様!!　ただいまあ!!　ここだよぉ!!』

大きなお腹が右にズレたと思ったら、今度は大きな翼が見えました。

『向こうに降りる!!』

知らない声が聞こえて、大きなドラゴンが僕たちから離れました。

『今のはとう様の声だよ。ここだと降りられないから、向こうにある開けた場所に降りるんだと思う。ささ、行こう。フィル、急ぐから僕がカナデを運ぶね』

『うんなの!!』

アリスターがささっと僕を掴《つか》んで飛びます。それに続いてフィルが走ってきました。

わわわ!!　大人ドラゴンだよ、本物のドラゴンだよ。いや、すでにアリスターに会ってるんだけど、本当の大きなドラゴンにこれから会うんだよ。どうしよう、どうしよう。

アリスターが飛びはじめてすぐでした。大きな木の間を抜けると、そこはかなり開けた場所で、そしてその真ん中に、大きな大きなドラゴンが座っていました。

『とう様!!　ただいまあ!!』

アリスターが僕を放して、大きなドラゴンの方へ飛んでいきます。それから大きな足の爪に抱きつきました。そう、アリスターはね、大きなドラゴンの爪くらいの大きさしかなかったんです。

この大きなドラゴンが、ドラゴンの里で、ううん、このドラゴンの森で一番強くて、一番大きなアリスターのお父さんドラゴン？　僕も、あれだけはしゃいでいたフィルも、あまりにも大きなドラゴンを、口を開けて眺《なが》めちゃいました。

まさかこんなに大きいなんて。アリスターよりも小さい僕は、爪でちょいって触られただけで飛んでいっちゃいそうだよ。

それか、羽をちょっと動かされただけで、吹き飛ばされちゃうか、コロコロとどこまでも転がっちゃうんじゃないかな。

『まったく、どこをほっつき飛んでいたんだ。帰りが遅いから心配したんだぞ。さあ、かあ様も心配している、早く帰ろう』

大きなドラゴンがアリスターを爪に乗せたまま、飛び立とうとします。そのとき、大きな羽を動かしたもんだから、強めの風が起こりました。そう、強めの風ね。うん、思っていた通り、僕もフィルもコロコロ地面を転がりました。

「ふにょおぉぉ!?」

『わあぁぁぁなのぉぉぉ!?』

慌《あわ》てるアリスターの声が聞こえてきます。

『とう様待って!!　僕ね、お友達連れてきたんだよ。僕だけじゃなくて、ちゃんと他も見て。かあ様にいつも、ちゃんと周りも見てって言われてるでしょう?』

『友達だと?』

羽のバタバタというものすごい風がやみました。僕たちは今、大きな木の幹に引っかかってます。フィルが幹になんとか掴《つか》まって、僕がフィルのしっぽを掴《つか》んで。そして風がやんだら、だらっとその場に寝転びました。ふう、助かったよ。

『あれは!?』

『人間の子供だよ。それからフェンリルの赤ちゃんだって。えっとね、人間はカナデって言って、フェンリルの赤ちゃんはフィルって言うの!』

アリスター、紹介してくれてありがとう。何しろ今は、飛ばされなかったことにホッとして、起きられないんだ。後の説明もしてくれない?　僕たちがどうしてここに来ることになったとか。お願い、怒らせて僕たちが消されないようにしてね。

なんて寝転がりながら思っていた僕。隣で、『あ〜、びっくりした』って復活しつつあるフィル。

でも、聞こえてきた言葉は意外なものでした。

『なぜ、あのようなか弱く幼き者が!?　しかもなぜあのような格好《かっこう》に!?　今助けるぞ!!』

いや、こうなったのはドラゴンお父さんのせいだからね。ドラゴンお父さんの羽ばたきに飛ばされたんだよ。そういえば、さっきアリスターがこんなこと言ってたっけ。『ちゃんと他も見て』って、もしかして、僕たちもアリスターと一緒に現れたのに、アリスターしか目に入ってなかった？

『とう様、カナデたちはとう様が飛ぼうとして羽をバタバタさせたときに、その風で飛ばされたんだよ。あれはとう様がやったの！』

『なに!?　私がか!?　す、すまん、なおさらすぐに助けなければ!!』

次の瞬間、誰かが僕を抱き上げました。

あれ？　僕の体に回されたものを見ると、それは僕と同じ人の手でした。え？　今ここに人がいたっけ？　僕とフィル、それからアリスターに、アリスターのお父さんしかいなかったよね？

僕が不思議に思っていると、今度はフィルも抱えられたみたいで、僕のすぐ横にフィルの顔がありました。

そっと顔を上げます。そこにはとってもカッコいい、でもとっても僕を心配している男の人の顔がありました。

『ア、アリスター？』

とフィルの声がします。

『カナデ、フィル、僕のとう様!!　とう様は人の姿に変身できるんだ!!』

結論、カッコいい男の人は、人の姿に変身したアリスターのお父さんでした。見た感じは三十歳くらいかな？　僕は今、そんなドラゴンお父さんの膝《ひざ》の上であぐらをかいています。おもいきり転がったから、ドラゴンお父さんが怪我《けが》してないか、僕を調べてくれているんです。

「いちゃ!!」

『す、すまん、大丈夫か!?』

『とう様、そっとだよ、そっと！　カナデはお尻《しり》と肩が痛いの！　転がってもっと痛くなっちゃったかも！』

『いたいのダメなの!!　そっとしてなの!!』

『む、すまん』

それからは、ドラゴンお父さんは僕をそっと調べてくれました。

その後、フィルたちに色々注意されてしょぼんとしてます。最初の印象とはだいぶ違うよ。アリスターのお父さんなんだよね？　里で森で一番大きくて、一番強いんだよね？　今の姿だけ見たら、全然そうは見えないよ。

『他には痛いところはないか？』

「ん、おちりとかちゃ、いちゃい。しょれだけ」

『そうか、動かしても大丈夫そうだから、今からすぐに里に連れていくぞ。治療《ちりょう》のあと、どうしてこの森にいたか、詳しく話を聞かせてくれ』

「あい」

ドラゴンお父さんが、僕を抱いたままそっと立ち上がります。ん？　どうやって里まで行くのかな？　まさか、あの大きなドラゴンの姿になって、手か足で僕を掴《つか》んでじゃないよね？　それだと潰《つぶ》されちゃうと思ったとき――

『あなた!!　アリスター!!』

頭の上から声が聞こえたので、そっちを見たら、女の人が空から降りてきました。ドラゴンのそれを小さくしたような羽をつけている綺麗《きれい》な女性です。

『もう、アリスターを見つけたのなら、早く帰ってくるか、知らせを出してくれないと。とっても心配して……』

僕と目の合った綺麗《きれい》な女の人の、言葉と動きが止まります。

『かあ様!!』

あっ、この綺麗《きれい》な女の人がアリスターのお母さんなんだね。人の姿ってことは、お母さんも変身できるようです。それに、あの背中の羽。人型のときはあれで飛ぶんだろうな。僕は飛ばされてすぐに抱っこされたから気づいてなかったけど、ドラゴンお父さんにも羽がある？

なんて呑気《のんき》に考えていたら――

『その小さい子は誰なの!!』

ドラゴンお母さんの大きな声が響き渡りました。

そして、ドラゴンお母さん——あとで名前を教えてもらったら、『アビアンナ』さんというそうです——は、勢いよく僕とフィルの目の前までずずっと近づいてきました。今まで何があってもほとんど動揺していなかったフィルが、おもいきりのけ反《ぞ》るくらいです。それで——

『いや～ん、可愛《かわい》い!! なに、この小さな生き物は!! 可愛《かわい》い～!!』

可愛《かわい》いを連発して止まらなくなってしまいました。そのテンションに、僕は圧倒されます。フィルはさらに近づいてくるアビアンナさんの顔を、手でぐいぐい押しました。それでもアビアンナさんは、さらに迫ってきます。

見かねたお父さんドラゴン——こちらは『エセルバード』さんというお名前です——が一旦僕を抱っこから下ろして、フィルと一緒に自分の後ろに隠してくれました。それからアリスターが、アビアンナさんの手を引っ張って、どうにか僕たちから離してくれました。その後、エセルバードさんとアリスターが、なんとかアビアンナさんを落ち着かせてくれました。

そして、アリスターとエセルバードさんは、僕を早く、治癒師《ちゆし》のドラゴンのもとへ連れていかないといけないことを、ささっと簡単に説明してくれました。ただねえ……

エセルバードさんがやったことを話した途端、一瞬で僕たちの前から彼が消えました。

本当に一瞬でした。何か風が通り抜けたなあと思ったときには、エセルバードさんの姿が消えていて。次の瞬間には、僕の後ろに生えていた木が、バリバリバリッと倒れます。

　思わずフィルに抱きつきながら倒れた木を見たら、やっとおさまった土煙の中から、いててって言いつつ、エセルバードさんが立ち上がっていました。

　と、またまた次の瞬間、僕の横をビュッと何かが通りすぎました。アビアンナさんです。気づいたときには、アビアンナさんはエセルバードさんのところに行って――すぐにエセルバードさんの姿が消えます。すると、今度は横の木が倒れました。僕の目には、何が起こっているのか捉えられません。

『あ〜あ、かあ様怒っちゃった。カナデたちの名前と、これから里に行くことだけお話しすればいいのに。その他のことは、あとで言えば良かったんだよ』

「どちて？」

　今度は反対の木が倒れます。そしてアビアンナさんは、また一瞬で倒れた横の木のところに移動しました。

『かあ様はカナデとフィルのこと、とっても気に入ったみたい。そんな気に入ったカナデが、とう様のせいでより怪我《けが》がひどくなったって聞いて、怒っちゃったんだよ』

　怒った？　怒ったのは、まあ分かったけど、でもなんでそれで木が倒れるの？

『カナデ見える？　フィルは？』

『うんとねえ、アリスターのかあさまが、ビュンッってとんだの、みえたなの。それから、とうさまがとんだのもみえたなの』

『かあ様の蹴りは見えた？』

『う～ん、けり？　とんだのしかみえなかったなの』

ん？　蹴り？

『あのね今のは、まずかあ様が最初に倒した木のところにとう様を蹴り飛ばして、それからすぐにとう様のところに移動したんだよ。それでまた蹴り飛ばして、その後またまた蹴り飛ばしたの』

あ、うん、そうなんだね。蹴り飛ばしたんだね。蹴り飛ばした？　蹴り飛ばされただけで、見えないくらいのスピードで飛ぶの？　それで木が倒れるの？　ん？

まあ、フィルとアリスターがイノシシの魔獣に蹴りを入れて、見えなくなるほど遠くに飛ばしていたなあ……そのときは魔獣が飛ぶのは見えたよね？　というか、エセルバードさんは大丈夫なの？

話している間にも、何本も木が倒れて、全部で七本の木が倒れました。

『かあ様を止めて、早くカナデを連れていかなくちゃ。かあ様!!　怒るの後だよ。今はカナデを連れていってあげなくちゃ!!　とう様のことは後でゆっくり怒って!!』

また別の場所に移動していたアビアンナさんは、アリスターの声でピタッと動きが止まって、次の瞬間には僕たちの前にいました。

『カナデ、大丈夫!? ごめんなさいね、うちのバカが。すぐに連れていってあげるわね。あなた!! 早くこっちに来なさい!! 急いで移動するわよ!!』

と、またまた次の瞬間、僕たちの前にはエセルバードさんがいました。腕と顔をさすりながら、いててててって。それから、洋服についた土をパッパと払います。

『これから移動しようとしてたんだよ。それなのに蹴り飛ばすことはないじゃないか』

『黙りなさい!! 帰ってカナデの怪我《けが》が治って落ち着いたら、じっくり話を聞きますからね。それによっては……』

『分かった、分かったから!!』

エセルバードさんがぶんぶん手を振って、詰め寄ったアビアンナさんを止めます。エセルバードさん、木が七回倒れたってことは、七回蹴り飛ばされたんだよね？ なんでそんなにピンピンしてるの？ 怪我《けが》とかもしてなさそうだし。僕があんなに何回も……ううん、一回でも蹴り飛ばされたら、怪我《けが》どころか、また神様に会うことになっちゃうよ。

人の姿をしていても元々はドラゴン。ドラゴンがどのくらい体が丈夫かは分からないけど、ドラゴンだからこんなにすごい、見えない攻撃も大丈夫だったとか？

僕はぼけっとエセルバードさんたちを見ます、猛烈に責め立てるアビアンナさんに、いつものこ

とだよとでも言いたげにあくびをしているアリスター。

こうして僕たちは、やっとアリスターの里に向かって飛びはじめました。まあ、飛ぶまでにもう一悶着《ひともんちゃく》あったんだけどね。エセルバードさんとアビアンナさん、どっちが僕を抱っこして連れていくかで。

でもそれは、アリスターが『とう様でいいよ、それよりも早く』って言ってくれたから、すぐに解決しました。アリスター、ありがとうね。

＊

さっきのあの人間の、クルクル回ったの面白そう。僕もお願いしたら、あれやってくれるかな？あの魔獣をやっつけたときにクルクル回ったやつ。

どうしようかなあ？　ドラゴンの里に行ったら、ボク潰《つぶ》されちゃう？　でもあの人間のところか、犬の赤ちゃんか、アリスターのところにすぐに行けば潰《つぶ》されない？　人間もアリスターと仲良くしてるなら、安全ってことだよね？

それにあの人間、飛べなくて困ってるみたいだった。ボクだったら、飛ぶのお手伝いできるかも。ボクのこといじめないで、お友達になってくれたら、ボク、飛ぶお手伝いするよ。それで飛べると思うんだけど。

どうしよう、どうしよう。とりあえずついて行ってみる？　行くならアリスターたちが通って、魔獣たちがいない今だ。うん、行こう！

3．ドラゴンの里とドラゴン仕様の建物？

飛んでいる間も、アビアンナさんはずっとエセルバードさんに文句を言ってました。でもその文句の間にも、『痛くないか、痛みがひどくなってないか』って僕――カナデを気にかけてくれます。

エセルバードさんがしっかりと僕を抱っこしてくれて、揺《ゆ》れもなく体に全然負担がありません。お尻《しり》も肩も押さなければ痛くなかったからね、大丈夫でした。

エセルバードさんも、『もし体が痛くなったら、体の向きを変えるから言ってくれ』とか『もう少し緩《ゆる》く抱いたほうがいいか？』とか、色々気にかけてくれました。

いつぶりだろう、こんなに人――ドラゴンだけど――に心配してもらったのは。僕はそれが嬉しくて、途中で『どうして笑ってるの』って、フィルたちに言われました。どうも、知らず知らずに嬉しくて笑っていたみたい。

そうこうしているうちに、ドラゴンの里が見えてきました。僕の感覚だと、十分もかかっていなかったと思います。まあ、アリスターに運んでもらったときと違って、風も感じず揺《ゆ》れのない快適な移動だったから、早く着いたように感じただけに思いました。

「ゆっくりしゅしゅむ。ふぃりゅもこんど、こにょくりゃい、だいじょぶ」

だから、僕はそうフィルに言いました。でも——

『カナデ、僕たちがここまで移動してきたときよりも、ちょっと速く移動してるんだよ』

そう、アリスターが言いました。え？　今はさっきよりも、周りの景色を楽しむ余裕もあるのに。

それなのに、三人で移動してたときよりも速いの？

『今はとう様もかあ様も、結界を張ってるんだ。だから、飛んでいるのに風を感じないでしょう？それから、結界のおかげで体に負担がないから、外の景色がゆっくり見れるんだよ。そんなふうに前に教えてもらったの。そうだよね、とう様、かあ様』

アビアンナさんがうなずきます。

『ええ、そうよ。今は私たちが結界を張っているの。だって、怪我《けが》をしているカナデの体に負担をかけたくないもの』

『それに、さっきまでのアリスターの速さだったら、人でも結界を張らなくてもいいだろうが、私たちのこの速さは、君には無理だろうからね』

エセルバードさんがつけ加えてくれました。

『僕はまだ、結界張れないんだ。それに、魔法を使いながら飛ぶときは、時々ものすごい速さで飛んだりして、止まらなくなっちゃうの』

え？　アリスター、今なんて言ったの？　ものすごい速さで飛ぶ？　止まらなくなっちゃう？

『そうだな、アリスターはまだまだ練習が必要だな』

『この前は、家の壁に穴を開けていたものね』

ちょっと、アリスター!!　そういうことはちゃんと言っておいてよ!!　もしかしたら大変なことになってたかもしれないじゃん！　ただでさえ僕は真横になるほどの風を受けながら、魔獣攻撃のときには、プロペラみたいに回って、とっても大変だったんだから！

「ありしゅた、いわにゃいのめ！　ぼく、ぶちゅっかったり、とんだりちたらたいへん!!」

『え？　アリスター、どういうこと？』

アビアンナさんが驚いています。

『だって、里まで行くの、カナデは無理でしょう？　だから僕が運んであげたの。でもかあ様が「このスピードだったら大丈夫」って言ってたスピードまでしか出してないよ。飛ばしたり、ぶつけたりしない』

『もう、アリスターったら。確かにここまでカナデを運ぶには、その方法しかないかもしれないけれど。はあ、あなたにも後で、お話しが必要みたいね。無事で良かったわ』

本当、よく無事だったよね。これからどうなるか分からないけど、それでもアリスターが運んでくれるっていうときは、気をつけなくちゃ。あとは、フィルにも乗る前に一応注意して。

そんな話しをしながら、どんどん近づいてくるドラゴンの里。遠くから見ても、とっても大きな里で、大きな建物ばかりでした。近づくとそれがもっと大きくなって……

里の目の前に来たときには、見た感じ地球にあるビルの三階建てくらいの建物が、ドンドンドンッと立っていました。平均の建物サイズが三階建てくらいです。他にも大きな建物がいっぱい。それがどこまでも続いていて、本当に大きな里でした。

その大きな里を、大きなレンガみたいな壁が囲んでいます。その壁は十五階建てくらいの高さかな。本当に大きかったよ。

「おきにぇ」

『とってもおおきいなの!!　しゅごいなの!!　あっ、しっぽい。すごいなの!!』

「あにょ、おおきにゃうちは、にゃんかい？」

僕の疑問に、エセルバードさんが答えてくれます。

『ああ、あの大きさが一階だよ。あっちに見えるのが二階建ての建物。他にはあっちが三階建てで……』

思っていたのと違いました。三階建てと思っていた建物は、日本の一階部分しかなかったのです。簡単に言うと、ドラゴンの建物一階が日本のビル三階分。ドラゴンの二階建てが日本のビル六階分。ドラゴンの三階建てが日本のビル九階分。こんな感じです。

それに加えて幅もあるから、かなり大きく見えます。

ちなみに、アリスター以外の家で大きい建物は、最大で四階建てだそうです。それ以上は普通の建物だと、ドラゴンの重さに耐えられないみたい。普通？　ドラゴンの普通？　ドラゴンが住むんだから、これくらいの大きさになるのかな？　ん？

僕の考えていた里とは違いました。確かにドラゴンの里だから、大きいんだろうなとは思っていたけど……里？　いやいや街？　都市？　というか、ドラゴンの国？

『もう少し詳しいことは、後で教えてあげるわね』

アビアンナさんが言いました。

大きな建物だらけのドラゴンの里。その一番奥に見える、他の建物よりさらに大きな大きな、ホテルみたいな建物が、アリスターの住んでいるお屋敷だそうです。お屋敷の中はどうなっているのかな？　お屋敷の中だけじゃなくて、他の建物も気になるよね。

『さあ、着いた』

大きな門の前に降りた僕たち。門の前にも壁の周りにも、それから壁の上にも、そのままの姿のドラゴンと、人型ドラゴンがいっぱいでした。人型ドラゴンたちはみんな、剣を持ったり、槍を持ったり、武器を持っています。

ドラゴンの里を守ってくれている、ドラゴン騎士たちだそうです。例えば、ドラゴンの森にいる魔獣は、他の場所に住んでいる魔獣に比べて、力が強いんだとか。だから、そういう魔獣から里を守ります。他の危険からもね。

そんなドラゴンや人型ドラゴン騎士たちが、何匹か門の前に降り立って、僕たちをチラチラ見てきました。う～ん、なんか落ち着かない。

僕はちょっと顔を隠しました。すると、二人の人型ドラゴンが近づいてきて、エセルバードさんたちに挨拶《あいさつ》をします。

『お帰りなさいませ』

『戻ったぞ』

『エセルバード様、そちらの人族の幼子は？』

『訳あって我々が保護した。詳しくは後ほど里全体に伝える』

『『はっ!!』』

人型ドラゴンたちが敬礼をします。そして普通のドラゴンが、ギギギ、ギギィーと、重たい音を立てながら、大きな大きな門を開けました。

「みょおぉぉぉ!!」

『わお〜んなの!!』

門が開いて中を見た途端、僕もフィルも思い切り叫《さけ》んでいました。だって見たことのない景色が広がっていたんだもん。

門が開いて最初に見えたもの——それは、大きなドラゴン、少し小さいドラゴン、それからアリスターほどは小さくないけど、けっこう小さいドラゴンと、たくさんのドラゴンたちです。みんな、とっても広い道を歩いています。その中を人型のドラゴンもいっぱい歩いていました。

見た目はほとんど人間と同じで、お爺《じい》さんにおばあさんに、中年くらいの人型ドラゴン。若いドラゴンに、ギャルみたいな人型ドラゴンもいます。

あっ、でも人型ドラゴンの子供はいなくて、ドラゴンの姿のまま、お父さんとお母さんと一緒に、手を繋いで楽しそうに歩いていました。

そして広い道の両脇には、たくさんの建物が並んでいて、外からは見えなかったけど、屋台もたくさん並んでいました。面白いのは、ドラゴンのまま屋台で焼き鳥みたいなものを売ってるかと思ったら、隣では人型ドラゴンが武器を売っていたりするところです。

ただ、その屋台も全てがドラゴンサイズで、人型ドラゴンが売っているのを見ると、サイズが合わなすぎて、逆に動きづらいんじゃないかなって思います。屋台の屋根の部分に引っかけてある商品を取るときは、飛んで取りに行くしね。

もしくは、ポンッ!! 本当にポンッって感じでドラゴンに戻って、商品を取ったらまた人型になって。ね、そんな面倒なことするなら、最初からドラゴンのままでいればいいのに。

「ひちょ、ちゃいへん。どりゃごんにょままいい」

『ああ、それには色々理由があるのよ。それもあとで教えてあげるわ。それに、そんなに目を輝かせて見ているところ悪いのだけれど、今日はもうすぐ日が暮れるし怪我《けが》を治療《ちりょう》してもらったら、そのまま屋敷へ向かうわね』

アビアンナさんが言いました。

『ボクあれみたいなの!!』

フィルがすごい勢いで、一軒の屋台を前脚で指します。その屋台は、他の屋台よりもさらに大きくて、いっぱい知らない生き物が置いてありました。

『あそこは食材を売っているお店よ。食材になる魔獣によっては、その場で料理して渡してくれるの』

『いろんなところから、いいにおいがするなの！ でもあそこがいちばんいいにおいなの!!』

『ふふ、お腹が空《す》いてるみたいね。フィル、あそこへはまた今度連れてきてあげるから、今日はカナデの怪我《けが》を治しましょう。それに美味《おい》しいご飯なら、うちのご飯もとっても美味《おい》しいのよ。ね』

『おいしいごはん‼　わかった、きょうはがまんするなの！　カナデ、はやくケガなおすなの‼』

確かにお腹空《す》いたよね。この世界のご飯、ドラゴンの里のご飯、どんなご飯なんだろう。

僕を抱っこしたまま、エセルバードさんたちが歩きはじめます。すると、時々エセルバードさんに気づいて、挨拶《あいさつ》してくるドラゴンもいました。エセルバードさんはこの里で、ドラゴンの森で一番強いんだもんね。みんな、僕たちにも挨拶《あいさつ》してくれました。

それに、色々見たいものがあって、キョロキョロしている僕たちに、声をかけてくれるドラゴンもいました。お菓子《かし》を貰《もら》ったり、焼き鳥を貰《もら》ったり。僕とフィルが小さいからなのか、お揃いのぬいぐるみもくれました。

フィルがとっても喜んでました。僕もぬいぐるみけっこう好きで、しかもフィルとお揃いだったから嬉しかったです。

大きな道から何本も道は分かれています。あっちはドラゴンたちが暮らしている住居があるとか、向こうには武器屋や防具屋、戦闘に必要なものを売っているお店が集まっているとか、色々聞きながら数分ほど歩いていると、エセルバードさんが立ち止まりました。

『ここが里の中心だ』

そこには、周りよりも大きな建物が集まっていました。

『さあ、ここが治療院《ちりょういん》だ。ここで怪我《けが》を治してもらうんだぞ。あの看板が目印だ』

建物の二階部分に看板がついていて、薬の瓶《びん》と花の絵が描いてありました。エセルバードさんが大きなドアを開けます。

「ふわぁぁぁ」

『わふわぁぁぁ』

僕はまたまた思わず、フィルと一緒に声を出してしまいました。治療院《ちりょういん》の中はとっても広かったのです。

確かに建物の大きさは、日本の三階建てがドラゴンの建物一階分と、理解したつもりでした。でも、実際に中を見たら、地球でいうと音楽会やコンサートができる大きなホールみたいです。これが一階？　ドラゴンだと違和感ないけど、人型ドラゴンだと違和感があります。しかも、僕はさらに小さい二歳児。踏まれないように、飛ばされないように、やっぱり気をつけた方がいいね。

『あなた、私はあの人を呼んでくるから、あなたはみんなと、先に二階の治療室《ちりょうしつ》へ移動しておいて』

『分かった』

エセルバードさんはアビアンナさんに答えると、僕を抱えたまま長い長い階段の方へ移動します。そして、その階段を歩いて上がるんじゃなくて、飛んで進みはじめました……なんのための階段？

そんなことを考えている間に、エセルバードさんは、ささっと二階に着きます。二階にはドアがいくつも並んでいました。そしてその一番奥の部屋まで進んで、その部屋に入ると……部屋の中もとっても広かったです。大きなドラゴンが三匹入れるくらい大きい。

そこには、部屋に合わない人間サイズの小さなベッドが何台かあります。それから部屋の半分ほどに、もこもこした何かと藁《わら》が敷いてありました。

『アビアンナがすぐに、グッドフォローを連れてきてくれる。それまでベッドで待っていよう』

『とう様、僕たちはあっちにいてもいい？』

『ああ、だがこれからカナデの治療《ちりょう》だから、あまり騒がないようにな』

『は〜い！　フィル、あっちで遊んでよう！』

『うんなの!!』

フィルとアリスターが、もこもこと藁《わら》の方に走っていきました。いいなあ、あれ気持ちよさそうなんだよね。僕もあのもこもこと藁《わら》に飛び込んでみたいな。

『はは、カナデ、そんな顔しなくても、あとで少し遊ばせてやるから待っていろ』

わわ!?　顔に出てたみたい。恥ずかしい!!

アビアンナさんが連れてきてくれるグッドフォローさんは、どんな人かな？　ドラゴンのまま来るのかな、人型で来るのかな？　お爺《じい》さん？　おじさん？　それとも、エセルバードさんみたいに三十代くらいか、もっと若い？

フィルとアリスターが楽しそうにもこもこと藁《わら》で遊んでいるのを見ながら、そんなことを考えていたら、少ししてドシンッドシンッて音が聞こえて、少しだけ床が揺《ゆ》れました。本当に少しだけね。音のわりには揺《ゆ》れていません。

音がだんだんと大きくなり、揺《ゆ》れの方は、震度で言えば一〜二くらいになったと思ったら、話し声も聞こえてきて、その声が僕たちのいる部屋の前で止まりました。

二人の声だったんだけど、一人はアビアンナさんの声でした。じゃあ、もう一つの声がグッドフォローさん？

トントンとドアをノックする音と、アビアンナさんの『入るわよ』って声がします。

『どうぞ!!』

エセルバードさんの返事に、ドアを開けて入ってきたのはアビアンナさんです。その後ろから、ドシンッドシンッとドラゴンが入ってきました。緑色が強いドラゴンで、大きさはここに来るまでに見たドラゴンたちの、平均くらいです。

あっ、他のドラゴンの色はね、エセルバードさんは綺麗《きれい》な濃い赤色、アビアンナさんは青色で、アリスターは二人の色がちょっとずつ混ざっています。街には色々な色のドラゴンたちがいました。緑に紫、黄色にオレンジ、水色に茶色、本当に色々。

そのままドシンドシンッと、ドラゴンは僕の近くまで歩いてきました。

『本当に人間の子供か⁉　まさかと思って、そのままの姿で来てしまった』

『だから人間の子供だと言ったのに。ほら、さっさと変身して。ここに来るまでは怖がっていなかったけれど、これから治療《ちりょう》となると、私たちの本当の大きさじゃ、怖がるかもしれないわ』

『分かった』

アビアンナさんの言葉に、ドラゴンは素直にうなずきます。

僕的にはもう、近くでドラゴンを見ても、恐怖とかドキドキはありません。でも、まだちょっとだけ不安も残っています。治療《ちりょう》のやり方が分からないし、何かの拍子《ひょうし》にその大きな爪で飛ばされちゃうかもしれないし、足で潰《つぶ》されちゃうかもしれないから、変身してもらった方がいいかな……

すぐにポンッと変身するドラゴン。変身した緑ドラゴンの人型は、金髪で、その毛が腰まで長く伸びていて、それから白衣みたいな洋服を着ている、若い男の人でした。

『やあ、私の名前はグッドフォロー。ここで治癒師《ちゆし》をしている』

「こんちゃ、ぼくにょにゃまえは、かにゃででしゅ」

『こんにちわなの‼　ボクは、ボクはフィルなの‼』

急いで藁《わら》から僕のところに戻ってきたフィルは、僕と一緒にきちんと挨拶《あいさつ》しました。うん、挨拶《あいさつ》は大切だもんね。エセルバードさんたちのときは、挨拶《あいさつ》どころじゃなかったもん。

『…………』

僕たちが挨拶《あいさつ》をするとグッドフォローさんは、変な顔をして黙ってしまいました。どうしたの？　僕たちの挨拶《あいさつ》が変だったかな？　こっちの世界での挨拶《あいさつ》の仕方が違うとか？　でも、グッドフォローさんの挨拶《あいさつ》は、僕たちと変わったところはなかったよね？

『人間のこのくらいの子供は、こんなにしっかりしていたか？　私の記憶では、きちんと喋《しゃべ》れないし、両親の後ろに隠れたり、もじもじしたりしていたが』

『そういえば、そうだったかしら』

『私たちと出会ったときも、カナデはしっかりしていたな』

アビアンナさんとエセルバードさんも言います。

『見た目よりも年上なのか……カナデ、自分の歳は分かるかい？』

グッドフォローさんに質問されました。

歳かあ。ステータスボードには歳のところが二歳になってたから、それでいいんだよね？

「うんちょ、にちゃい!!」

『二歳、やはり見た目通りか？　それにしては本当にしっかり受け答えをしている』

『まあ、いいじゃない。そういう人間の子供もいるってことで。それよりも早く怪我《けが》を治療《ちりょう》してあげて』

アビアンナさんがうながしてくれます。

『ああ、分かった。元からお尻《しり》と肩の打撲《だぼく》をしていたが、エセルバードのせいでそれが悪化したのだったね。ちょっと体を調べるけど、怪我《けが》したところには触らないから、静かにしているんだよ』

「あい!!」

『いい子だ』

僕はベッドに座ったままじっとしています。グッドフォローさんは部屋に置いてあった椅子《いす》を持ってきて、僕の前に座りました。そして、僕に手をかざします。すると次の瞬間、グッドフォローさんの手が、ポワッと白く光りました。

ビックリした僕は、思わず手を伸ばしそうになりますが――

『カナデ、じっとしていてね』

サッと手を引っ込めます。危ない危ない。これが魔法かな？　この世界に来て、何度か魔法って言葉は聞いたけど、まだこの目で見てないから分からないや。エセルバードさんたちの結界は見えなかったしね。

その後、グッドフォローさんは、僕の体全体に手をかざします。そして、手を下ろしたら光も消えました。

『確かに肩とお尻《しり》を打撲《だぼく》しているね。他は問題ない。すぐに治してしまおう』

グッドフォローさんが、また手をかざしてきます。今度はすぐに緑色の光が溢《こぼ》れて僕の全身を包みました。これが治療《ちりょう》？　やっぱり魔法だよね？　そして五分もしないうちに――

『さあ、これで終わりだよ。どうかな？　まだ痛い？』

え!?　もう終わり!?　だって最初の白い光のときよりも、全然早いんだけど！　僕はすぐに肩を回したり、お尻《しり》を触ったり、動いたりして、痛みがないか確認をしました。

わわ!!　全然痛くない！　完全に治ってるよ!!

『カナデ、なおったなの？　もういたくないなの？』

「うん！　なおっちゃ!!　も、いたにゃい!!」

ブンブンしっぽを振るフィル、喜ぶ僕。本当、肩はもうなんとかなってたんだけど、お尻《しり》は座ったらけっこう痛かったんだ。治って良かったあ。ううん、こんなに早く治してもらえるなんて。ありがとう！　グッドフォローさん!!

『良かった、大丈夫そうだね。そうだジュースを用意してあげよう。エセルバード、それくらいの時間はあるだろう？』

『ああ、それとあの寝床で遊ばせてもいいか？　遊びたそうにしていたんでね』

『かまわないよ』

あっ、えと……ありがとうございます。

ちょっと恥ずかしかったけど、許可を貰《もら》えました。フィルに後ろから押されて、アリスターに引っ張られながら、僕はもこもこと藁《わら》の山へ行きます。もこもこを調べてみたら、ワタみたいでした。

チクチク手に刺さる感覚も、ゴワゴワしている感覚もなくて、ふわっ、さらさら、スベスベって感じで、とっても気持ちが良かったです。まあ、フィルの毛並みには敵《かな》わないけどね。やっぱり、フィルの毛並みは最高だよ！

『あのねえ、とびこむと、もっときもちいなの!!』

『それから中に潜ってみて。それも気持ちいいんだよ。軽いから潜っても潰《つぶ》されないよ』

フィルとアリスターに言われた通り、まずは飛び込んでみることにします。見た目も喋《しゃべ》り方もちびっ子の僕は、はしゃいでも違和感ないよね？　僕は思い切り、もこもこと藁《わら》に飛び込みました。

そして、お腹からもこもこと藁《わら》にべしゃ!!

まずいと思ったけど大丈夫でした。水にお腹からジャンプするとかなり痛いからね。それと同じになっちゃったと思ったら、全然そんなことはなくて、ふわっと僕の全身を受け止めてくれます。

「きもちぃ!!」

『ね、ね、きもちいなの!!』

『今度はそのまま潜って！　そうだ、みんな別々のところから潜って、中でお互いを探してみよう!! それで相手を見つけたらタッチして、タッチした方が勝ち！ フィル、カナデのにおいを嗅《か》いだり、気配を探したりするのはダメだよ、すぐに見つけちゃうからね』

『うん！ おもしろそうなの、やるなの!!』

「うん!!」

それぞれ離れたら、よういドンッで中に潜ります。よし、一番を目指すぞ!!

僕たちがそんなふうに遊んでいるとき、エセルバードさんたちが、僕とフィルのこれからのことを話していたなんて知りませんでした——

＊

『さて、カナデとフィルを保護したけれど、これからどうするか』

『家族のことはもちろん、詳しく聞けることは聞いて、なるべく親元に帰してあげたいわね。ご両親も探しているでしょうし』

『家族がいれば……だが』

『この森に人がいること自体、何年ぶりだからねえ。それにこの森に人間が入ってくれば、よっぽど力のないドラゴンでない限り、すぐに気づくはずだよね。エセルバードだったらなおさらだろ？』

『ああ、だがカナデたちをアリスターが連れてくるまで、私は全く気がつかなかった。存在を確認してから、カナデたちの気配をようやく認識したくらいだからな』

『私もよ。ただ、最初気づかなかったとしても、その後は、あなたの場合は、アリスターばかりを見ていたせいもあるでしょうけどね』

『う、それはすまん』

『どうしてエセルバードとアビアンナが気配に気づかなかったか……両親もカナデたちのように気配を感じず、今も私たちに気づかれずカナデたちを探しているか。それとも何かの魔法をかけ、わざとこの森へカナデたちを捨てたか』

『どちらにしても私が保護したんだ。カナデとフィルについては私が責任をとる。もし両親がいればそれでよし。もしグッドフォローの言った通り捨てられたのならば、ここで暮らしていけばいい。カナデがここにいてもいいと言うのならな』

『そうね。ただそうなると、人の力もいずれは必要になってくるわよ。やはりカナデは人間ですもの、ドラゴンと人間とでは……たぶん連絡を取るとなると、彼らになるでしょうけど、あなた大丈夫なの？』

『う、そ、それは……』

『まあいいわ。それも全部、まずはカナデに話を聞いてからよね。そうだわ、そのときにステータスも確認させてもらいましょう。何か分かるかもしれないし』

『そうだね、その方がいいかもしれないよ。さっき私が彼の怪我《けが》を調べたときに感じたところでは、彼は相当な魔力の持ち主だ。我々ドラゴンなみにね』

『なんだと!!』

『本当だよ、エセルバード。詳しくは調べてないから分からないけど、カナデがここに現れたのも、それが原因かもね』

『そうか、ならばやはりステータスは見せてもらった方がいいな』

＊

フィルたちはどこかな？　もこもこと藁《わら》の中を進む僕──カナデ。スベスベでくっついてこないから、潜っていてもすいすい進めちゃいます。ん？　あれは？　もしかしてフィルのしっぽ？　もこもこの中に、別のもこもこもふもふが見えました。僕はそっとそっと近づきます。そして──

「たちっ!!」

『わあ、みつかっちゃったなのぉ』

ふふ、僕の勝ち。後はアリスターを捕まえれば完全勝利だね。僕は別の方向に進みはじめようとしました。そのとき——

『タッチ!!』

アリスターに後ろからタッチされちゃいました。

「わあ、まけちゃあ〜」

『えへへ、僕の勝ち』

フィルを捕まえて油断していました。僕がフィルにタッチした後、すぐにアリスターは僕を見つけていたみたい。う〜ん、残念。

それから、もう一回やったところ、次の勝者はフィルでした。と、ここで知らない声に呼ばれたので、タッチゲームは終わりです。残念、僕は一位になれませんでした。

もこもこから出ると、いつの間にかエセルバードさんたちの他に、オレンジ色のドラゴンがいました。そのドラゴンが手に、とっても小さい何かを持っています。そう手の爪先にね。

オレンジドラゴンが大きな手をそっと下ろし、テーブルにその爪先を置くと、それはなんと、おぼんに載ったジュースでした。

思わずじっと見ちゃいます。だって爪先の大きさしかないお盆に、しかもさらに小さいジュースを溢《こぼ》さずに運んできてくれたからです。すぐにツルッと滑《すべ》って落としちゃいそうなのに。

思わずオレンジ色ドラゴンのマネをして、こう？　こうかな？　ってやったら、周りからくすくす、笑う声が聞こえてきました。見たら、大人ドラゴンやエセルバードさんたちが顔を隠して笑っています。僕はすぐに手を引っ込めました。だって気になったんだよ。

『嫌だわもう、くすくす』

『確かに気になるよな。ははは』

『今のはこつがいるんだよ』

グッドフォローさん、何？　こつ？　こつだけでどうにかなるものなの？

『さあ、どうぞ。もし味が嫌いなら言ってね。他のものを用意するからね』

そう言って、そっと下がるオレンジドラゴン。僕たちの前に用意されたのは、ピンク色の飲み物でした。そのジュースからは、イチゴのにおいがします。もしかして、イチゴジュース？

僕はいただきますをしたあと、そっとコップに口をつけます。オレンジドラゴンの爪先を見ながら。だって本当に不思議なんだもん。どうして落とさないの？

エセルバードさんたちは、僕が飲むのをじっと見ています。そんなに見られると緊張するんだけど。よく考えたら、この世界に来てから初めての飲み物です。

ごくっ!!　思い切ってピンク色のジュースを飲んでみました。

「おいち!!」

『良かった、大丈夫みたいね』

アビアンナさんが手を挙げると、オレンジドラゴンがお辞儀《じぎ》をして部屋から出ていきます。オレンジドラゴン、美味《おい》しいジュースをありがとう！

ジュースは見た目とにおい通り、イチゴミルクジュースでした。これなら平気で飲めちゃう。ふう、良かった。もしもこのジュースが飲めなくて、他の飲み物も飲めなかったら、ずっとお水だけを飲むことになっちゃうもん。

僕の隣で、フィルも美味《おい》しい美味《おい》しいって、しっぽをブンブン振りながら、ごくごくジュースを飲んでいます。お椀《わん》はすぐに空《から》っぽに。ほとんど一気飲みでした。

『気に入ったみたいね。このジュースはイチっていう、木の実のジュースよ。この森でよく採《と》れるの。いつでも飲めるから言ってね。他にも色々試していきましょう。それでお気に入りを見つけて飲めばいいわ』

「ありがちょ!!」

アビアンナさんは優しいなあ。続いてエセルバードさんが口を開きます。

『さて、そのジュースを飲み終わったら、私たちの屋敷へ行こうと思う。さっき使いの者を出したから、カナデとフィルの部屋はきちんと準備しているはずなので安心していい』

え？　使いの者？　いつの間に？　でもそうか、ドラゴンの里に来て、いよいよ家に入るんだね。ここは治療院《ちりょういん》で、普通の家じゃないもん。アリスターの家はお屋敷だけど……でも、家は家です。

楽しみになった僕は、フィルじゃないけどごくごくジュースを飲んで、最後はぷはあ……ああ、美味《おい》しかった。

そして来たときと同じように、エセルバードさんに抱っこされてお屋敷まで移動することになりました。でも行く前に、グッドフォローさんにきちんとお礼を言わないといけません。

「けが、にゃおちてくりぇて、ありがちょ！」

『元気になって良かったよ。また何かあったらすぐにおいでね。本当は怪我《けが》も病気もならない方がいいけど、突然何かがあるかもしれないからね』

挨拶《あいさつ》が終わったら、部屋から出ると思ってドアの方を見た僕。でもエセルバードさんたちが進んだ方角は窓の方。窓をバッと開けると、『じゃあな』と言って窓から飛びました。

え？　ちゃんとドアから外に出るんじゃないの？　入り口の意味は？　入ってくるときはドアからだったのに。

そしてそのまま、すぐにアリスターのお屋敷に到着です。う～ん、やっぱりホテルだね、大きな大きなホテル。それからお屋敷の周りの塀は、塀っていうよりも、壁って感じでした。

里を守る壁みたいなものが、お屋敷の周りにもあるんです。エセルバードさんは塀って言ってたけどね。

そしてその塀には、やっぱりドラゴンや人型ドラゴンがいて、お屋敷を守っています。門の前にもドラゴンが二匹いました。

『お帰りなさいませ、エセルバード様、アビアンナ様、アリスター様』

『連絡は受けております。こちらがカナデ様とフィル様ですね』

『ああ、これから少しの間私が預かることになった』

エセルバードさんが言いました。

「かにゃででしゅ！」

『フィルなの!!』

『カナデ様、フィル様、よろしくお願いしますね』

簡単に挨拶《あいさつ》を済ませると、門を開けてもらって、また飛んでお屋敷に向かいます。門からお屋敷まで、僕が歩いたら何分くらいかかるのかな？　最低でも十五分？　それに、今の僕は中学生じゃなくて、ちびっ子だから、もしかしたらそれ以上かも。

これからどうするか、エセルバードさんたちとの話で決まるけど、移動についてはフィルに乗ることを本格的に考えた方がいいかもしれません。僕が歩くよりも、ゆっくりでもフィルに乗せて歩いてもらった方が早いもんね。後でフィルに相談してみよう。

すぐにお屋敷前に到着です。そこにはすでに、ドラゴン、人型ドラゴンが何人も集まっていました。

『戻ったぞ』

『お帰りなさいませ、旦那様、奥様。使いの者から話は聞いております。すでに部屋の準備は整っておりますが、後ほど確認を』

『分かった。みんな、聞いてくれ！』

集まっていたドラゴンと、人型ドラゴンに話しかけるエセルバードさん。僕とフィルの名前、それから少しの間、僕たちがここで暮らすこと、人間の小さな子供だから気をつけることを伝えてくれました。そう、飛ばされたり、潰《つぶ》さないようにって。

その話が終わったら、ドラゴンたちは各自自分たちの仕事に戻っていきます。でも何人かはその場に残っていました。

エセルバードさんは、その人たちに改めて僕たちを紹介します。それから僕に、残った人たちのことを教えてもらいました。

最初に紹介してくれた人型ドラゴンは、お爺《じい》さんドラゴンで、筆頭執事《ひっとうしつじ》のセバスチャンさん。それから、エセルバードさんよりも若い二十代の男の人が、エセルバードさんにいつもついている執《しつ》事《じ》さんのストライドさん。

紫ドラゴンはメイド長のマーゴさん。薄い紫色ドラゴンは、メイドさんのアリアナさんです。僕たちのお世話をしてくれるドラゴンだって。

『二人とも、カナデはとても小さいの。時と場合によって変身してあげてね』

『はい奥様。アリアナです。よろしくお願いいたします』

そう言ってポンッと変身してくれるアリアナさん。とても若いメイドさんでした。もしかして十代？

それからすぐにマーゴさんも変身してくれて、それぞれがみんな挨拶《あいさつ》してくれました。もちろん僕たちもね。

挨拶《あいさつ》が終われば、いよいよお屋敷の中へ。中はどんなかなあ。

＊

あの人間とわんこが里の中に入って、少し経ったけど、どうかな？　ボクはアリスターの住んでるドラゴンの里からちょっと離れた、木に隠れて門を見てるよ。

もしドラゴンたちが嫌がったり、嫌がらなくても、やっぱり人間はってなってたら、もう人間たちは里の外に出されてるはず。けど出てきてないから、大丈夫だったってことだよね。

よし。じゃあ、そろそろボクも入ろうかな。どこから入ろう？　ボクは見つからないようにするのが得意だけど、でもなるべくドラゴンがいないところから入りたいなあ。う〜ん、どうしよう。

少しだけ里から離れたよ。今見つかって、追いかけられたら大変。ちゃんと入り方を考えてからじゃないと。

ボクは考えながら、人間たちのことを思い出していたよ。あの人間たち、アリスターのお父さんに転がされてたよね、コロコロ。その前に人間はくるくる回ってたし。人間たちはクルクル、コロコロ、回されるのが好きなのかな？　クルクル、コロコロ面白そうだもんね。

早くあの人間たちとお友達になって、みんなでクルクル、コロコロ遊びたいなあ。それにはやっぱり早く入り方を考えなくちゃ。待っててね人間、わんこ！　ボク、もう少ししたら会いに行くからね！

4. お屋敷の中と僕とフィルの部屋

僕――カナデたちはいよいよお屋敷の中へ入りました。

「ふわぁぁぁ!!」

『ふおわぁぁぁなの!!』

『ふふ、反応がそっくりね』

アビアンナさんが笑います。

お屋敷の天井は治療院《ちりょういん》よりもちょっと高くて、広さは倍ありました。それから左右に続く大きな廊下《ろうか》に、その真ん中に治療院《ちりょういん》と同じく大きな大きな長〜い階段があります。

床は大理石みたいな石でできていて、階段も同じ。ピカピカ、キラキラとっても綺麗《きれい》です。もちろん壁にも飾りや置きもの、絵や花が飾ってあって。本当に高級ホテルみたいでした。

あと天井には光の玉が幾つも輝いていて、それがシャンデリアみたいに見えます。フィルが『ぜんぶきれい、でもてんじょうのキラキラがいちばんキラキラですき』って言ったら、あれは、魔法で作り出した光の玉で、お屋敷の中を明るく照らしているんだと教えてくれました。

魔法の光の玉は、基本ずっと光らせたままにしておくそうです。他の個室にあるもので長時間使わない場合は、光の玉を消すこともあります。光の強さも変えられるらしくて、その時々で調整するとのこと。例えば、寝るときはちょっとだけ光らせるとかね。

もうね、色々なものが新鮮で、興奮したフィルが走り出しそうになったので、僕はそれをなんとか抑えました。でも、僕も思わず走り出したくなるくらいに、とっても素敵なお屋敷の中です。でも——

そう、あの長い階段ね。治療院《ちりょういん》でも思ったけど、やっぱりあれ意味ない気がします。だって今も、あっちへこっちへ、忙しく働いている人型の使用人さんたちとメイドさんたちは、シュッシュッと飛んで移動しているし。

ドラゴンのままでも、うまい具合に壁や天井にぶつからないで、飛んでいます。たまに歩いているけど、大きいから一歩でかなり進んでいました。

……なんて考えていたら、知らず知らず、声に出していたみたい。

「かだん、おい。みんにゃとぶ、かだんいりゃにゃい」

『ああ、人型のときに見ると、すごく長く見える階段のことね。あれには理由があるのよ』

理由？　そういえば、さっき後で教えてくれるって話していました。ここで、アビアンナさんがささっと教えてくれます。

ドラゴンの中には、人型で過ごす方を好むドラゴンもいて、彼らはほとんどの時間を人型で過ごします。ドラゴンの力を使わないから飛ぶことのない彼らのために階段はあるとのことでした。

理由は色々あるそうで、例えばドラゴンの姿だと力が強すぎて、人間の姿の方が楽とか。人の姿が好きで、ずっと人型でいたいとか。

でも一番の理由は、力のコントロールを覚えることと、小さな子供ドラゴンのため。

力のコントロールの方は、わざとドラゴンと人型、交互に変身するそうです。人型で過ごすときは、飛ばずに階段を使います。

そして、小さな子供ドラゴンのため、というのは——ドラゴンは、小さい頃はまだ自由には人型に変身できません。できないんだけど、突然変身の能力が発動しちゃうことがあるそうです。ドラゴンの姿でいたと思ったら、次の瞬間には人型になることが。

人型に変身すると、なかなかドラゴンの姿に戻れません。しかも、人型だと小さい子は上手く飛べないんだとか。そうなると移動するには階段が必要になるんです。

ちなみに子供ドラゴンは、小さくてもドラゴン。体力と運動能力は高いから、ひょいひょいと階段を上がれて、早歩きをすれば、飛んでる人型ドラゴンとあんまり変わらない速度で移動できるらしいです。飛ぶ速度と一緒かあ……僕には無理。一段上るだけでも大変なんじゃないかな。

でも、うんそうか。階段が設置されているのには、色々理由があるんだね。

階段の話を聞いたあとは、僕とフィルの部屋に行くことになりました。お屋敷の中は、今度ゆっくり案内してくれるそうです。急に現れた僕たちに部屋まで用意してくれて、本当に感謝です。

ちなみに、僕の部屋は三階にあるらしいんだけど、試しに階段を上らせてもらいました。うん、五段で無理でした。これはやはり早急に解決策が必要です！

自分で上るのは諦《あきら》めて、僕はまたエセルバードさんに抱っこで運んでもらいます。僕の部屋は、三階に上がって、右に曲がってすぐの部屋でした。セバスチャンさんがドアを開けてくれて、先にフィルとアリスターが『わっ!!』と興奮気味に入っていきます。僕も一緒に中へ入りました。

部屋の中は相変わらずとっても広くて、治療《ちりょう》してもらった部屋と同じくらい大きかったです。そこにちまっと、完全にサイズが合わないベッドにソファーにテーブルが置かれています。

他にも、勉強机みたいな机に椅子《いす》、クローゼットと、その隣には大きな本棚がありました。

部屋の壁や絨毯《じゅうたん》、家具全部が、まさに子供部屋って感じで、とっても可愛《かわい》くできています。本当に可愛《かわい》いんです。名前は分からないけど、可愛《かわい》い魔獣の絵が色々なところに描いてあって、色もシンプルじゃなくてカラフルで。

『すごい!!　しゅごいなの!!　……すごいなの!!』

「ふわわ!!　かわい!!」

いいでしょう、中身は中学生でも、可愛《かわい》いものを可愛《かわい》いって言ったたって。

『ふふ、気に入ったかしら』

「あい!　ちょっちぇもかわい!」

『キラキラ、ピカピカ、わちゃわちゃなの!!』

『良かったわ、気に入ってくれて。サイズはどうかしら』

アビアンナさんに言われて、靴《くつ》を脱いでベッドに入ってみたり、子供用勉強机の方へ行って、椅《い》子《す》に座ってサイズを確認したり、他の子供用椅子《いす》にも座ってみたりしました。

ちなみにソファーは、僕たちだけじゃなくて、エセルバードさんたちも座れるように、人型の普通サイズになっています。だから、僕がいつでも座れるように、踏み台を用意してありました。

そうそう、フィル用のクッションもあります。ベッドで寝ていいけど、一匹でゆっくりしたいとき用だって。

素性の分からない僕たちに、こんなに素晴らしい部屋を用意してもらえるなんて、本当にありがとう!!

『サイズも大丈夫みたいだし、また何かあれば、そのときそのときで変えればいいわね』

『そうだな』

アビアンナさんの言葉に、エセルバードさんがうなずきます。

『ねえねえ二人とも、次は僕の部屋に行こうよ』

『アリスター、これから私たちはカナデとフィルに話を聞かないと。それに、もう少し経てば夕飯の時間よ。あなたの部屋を見せるのは明日にしましょうね。きっと今日はご飯の後も、カナデたちとお話しすることになるでしょうから』

アビアンナさんに言われて、アリスターはしょんぼりしてしまいました。

『そっかあ、お話しこれからだもんね。残念……でも、明日は絶対僕の部屋で遊ぼうね。僕の部屋にはおもちゃがいっぱいあるんだよ。それから、お庭でも遊ぼうね!!』

「うん!!」

『あそぶのいっぱい、たのしみなのぉ!!』

アリスターと遊ぶ約束をして、僕たち三人は肩を組みます。エセルバードさんたちが『そのポーズ何？』って聞いてきたから、『やったぁ！』のときや、上手に色々できたときにするポーズだって答えました。エセルバードさんたちに会うまでに考えたんだとも。

いや、考えたっていうか、フィルたちが自然と最初からやってたところに、僕も仲間に入れてもらった感じ。一人だけ仲間はずれは……ね。

部屋の確認が終わったから、リラックスルームに移動して、そこで夜ご飯になるまでお話しすることになりました。夜ご飯までに終わらなければ、その後もリラックスルームでお話しする予定です。いつもみんながまったりゆっくりするときは、リラックスルームで過ごすんだって。

他の談話室や、客間、エセルバードさんたちの仕事部屋でお話ししてもいいけど、それだと僕とフィルが緊張しちゃうかもしれないからって、リラックスルームにしてくれました。

みんなでぞろぞろ部屋を出て、今度はリラックスルームのある四階に向かいます。ちなみに、そこから見る景色がとっても綺麗《きれい》なんだとか。夜ご飯を済ませた頃くらいから綺麗《きれい》に見えるらしいです。

ただ、今日は僕たちの話があるから明日以降、僕が落ち着いたらゆっくり見ましょうってことになりました。ベランダに出てお茶もできるんだそうです。う～ん、どんどん楽しみが増えるね。

リラックスルームに入ると、そこは相変わらずの大きな部屋で、でも置いてある家具は普通の人型サイズのテーブルとソファーでした。それから家具がいくつか。

あっ、あとね、治療院《ちりょういん》で見たもこもこ藁《わら》の山が、ここにも置いてありました。どうしてここにもあるのか聞いたら、このもこもこはドラゴンの姿で寝るときに使っている、布団がわりのものということでした。確かに、ドラゴンの姿のままじゃ、ベッドは使えないもんね。

みんなでソファーに座って、アリアナさんと他のメイドさんが飲み物を用意してくれたら、いよいよ話し合いです。部屋にいるのは、もちろんエセルバードさんたちと、それからセバスチャンさん、ストライドさん、マーゴさんにアリアナさんです。

エセルバードさんが話を聞いておいた方がいいと思った人たちが、今ここにいるようです。

『さてカナデ、これはもう一回聞くけれど、この森へは家族と一緒に来たのか？　そして何かがあって家族と離れてしまって、今家族は君のことを探しているのか？』

「ううん、ちがう。かじょくない。ぼくにょかじょく、ふぃる」

『うん、ぼくたち二ひきのかぞくなの！』

フィル、僕は匹じゃなくて『ひとり』とか『にん』とか、数え方が別なんだよ。でもそんな難しいこと分かんないよね。まあ、匹でもいいや。アリスターもそうだし。

『そうか、ではこの森までどうやって来たのか分かるか？』

ここはきちんと説明した方が良さそうです。でも、僕たちが実は別の世界で死んじゃったとか、中身は中学生っていうのは話さないでおこうかな。説明するのが難しくなっちゃうよ、絶対。

それに、この見た目と年齢が合っていないって言われても、エセルバードさんたちだって、これからの対応に困るでしょう。せっかく新しい世界へ来たんだから、神様の間違いで小さくなっても、ここから新たにスタートしたいと思います。

まず僕たちには家族がいなくて、ここじゃない、もっともっと遠くに住んでいたって、アリスターに話した通りのことを伝えました。

そして、ちょっとした問題が起こって、ある人物に僕たちが暮らせる場所へ送ってもらうことになったって。でも送ってもらうときに、また問題が発生。気づいたら僕たちはここの森にいました。それで、魔獣に襲われそうになったところを、アリスターに助けてもらったって話しました。ね、間違ってないでしょう？

『色々とトラブルがあったということか？』

エセルバードさんが僕とフィルに尋《たず》ねます。

「しょう、たぶんここのばちょじゃにゃい、べちゅのばしょ、いくはじゅ？」

『でもついたらもりだったなの。それにカナデはち……』

わっ！　待ってフィル！　フィルが僕が小さくなった話をしようとして、慌《あわ》てて止めました。それで、フィルにだけ聞こえる声で、『小さくなったことは言わないで、内緒《ないしょ》』と言います。

フィルは『なんで？　どうして？』って顔してたけど、内緒《ないしょ》なら分かったって、すぐに別の話をしました。

『あのねえ、ここまではこんでくれたのは、ダメダメかみさまなの』

『ダメダメ神様？』

アビアンナさんが聞き返します。

『そう、いろんなことがダメダメなかみさまなの』

『そのダメダメ神様って、私たちの知っている神様かしら？』

『どうだろうな？　他の場所から来たのならば、それぞれ拝む神も違うからな。この国は基本神は一人だが』

エセルバードさんが首を傾《かし》げました。

アリスターも言ってたけど、やっぱりこの世界にも神様はいるんだね。

『ストライド、絵を持ってきてくれ。確認してみる』

『畏《かしこ》まりました、旦那様』

神様の姿を描いた絵があるみたいで、それをストライドさんが取りに行ってくれました。ストライドさんが戻ってくるまでに、さらに神様の話をします。

『ボクたちがここにくるのは、ダメダメかみさまがまちがえたせいなの。それでごめんなさいで、べつのばしょにおくってくれるっていったなの。カナデとボクはそのときにかぞくになったなの』

エセルバードさんはじっとフィルの話を聞いてくれました。そして、フィルの話したことと僕の話したことを組み合わせて、こう解釈します――

『なるほど、その神の間違いのせいで別の場所へ行くことになって、さらに送ってもらうときに、またその神が間違えて、この森に来てしまったと。それであっているか？』

「しぇーかい！」

僕がそう言ったとき、ストライドさんが戻ってきました。

『旦那様、こちらを』

『ああ。さてと、カナデとフィル。君たちが見たのは、この方かな？　この方は我々がお慕《した》いしている神様なのだが』

ストライドさんが持ってきた小さな手のひらサイズの紙には、僕たちが会った、あの神様の絵が描いてありました。

「かみしゃま!!」

『ボクたちがあった、ダメダメかみさまなの!!』

『あっ！　やっぱり一緒だったんだね。でもじゃあ、とう様やかあ様や、みんなが言っている神様と違うんだ。だって僕が聞いていた神様は、なんでもできて、僕たちを見守ってくれる、とっても素晴らしい方って言ってたのに。とう様、かあ様、間違いだったね』

『ダメダメかみさまなの!!』

『間違い神様!!』

フィルとアリスターは肩を組んで片手を上げて、大きな声でそう言いました。あ～あ、やっぱりフィルたちにとってはダメダメ神様で定着だね。でもまあ、それもしょうがないか。だって本当にダメダメなんだから。

一方……エセルバードさんにアビアンナさんは固まっています。ストライドさんはちょっとだけ驚いた様子で、アリアナさんははっきりビックリ顔です。そして、セバスチャンさんとマーゴさんは会ったときからのニコニコ顔でした。

『なんてことだ!!』

エセルバードさんの突然の大きな声に、僕もダメダメ神様って連呼していたフィルたちもビックリしました。

『まさかシオドリック様が、ここへカナデたちをお送りになったのか!!』

シオドリック？　神様ってそんな名前だったの？　そういえば、あのときは名前聞かなかったな。普通にそのまま神様って呼んでたし、神様は神様でしょう？

『あなた、まさかカナデはシオドリック様の！』

『あ、ああ、そうだ、アビアンナ。カナデ、ステータスボードというものがあるのだが、分かるか？　君の名前や歳、能力や力の量を見ることができる。子供のうちは魔法が使えないから、大人が出してそれを見るのだ。それを見せてもらいたい。お願いできるか？』

本当は、家族しかステータスボードを見ないんだって。あとは、大きくなって魔法が使えるようになったら、大切な部分、人に見せたくない部分に隠蔽《いんぺい》の魔法をかけて隠す。それで、仕事で必要なときとかは、その隠蔽《いんぺい》した部分以外を見せるとのこと。

へえ、隠蔽《いんぺい》なんてできるんだね。僕もできるようになるのかな？　でもその前に、僕のステータスボード、ほとんど分からない文字に記号なんだけど……見せても大丈夫だよね。

「うちょ、ぼく、できう！」

『ステータスボードが出せるのか？』

「まえ、ちょとだちた。でもわかんにゃいにょ、ばかり」

『小さいのにもうステータスボードを。やはりカナデは……では、見せてもらってもいいか？』

「あい！　しゅてたしゅぼーど！」

僕はすぐにステータスボードを出しました。エセルバードさんたちが、僕のステータスボードの周りに集まってきました。

『こ、これは』

『分からないものばかりね。名前、歳、それにフィルが契約していることは分かるわ。でも、魔力量とかどんな魔法を使えるとか……まあ、こんなに小さいのだから、魔法は表示されないかもしれない。それにしても』

エセルバードさんに続いて、アビアンナさんが言いました。

『旦那様、もしカナデ様方がお会いした神様がシオドリック様ならば、もしかしたらシオドリック様が、わざとカナデ様の力をお隠しになられているのでは』

『ああ、ストライド、その可能性が高いな』

え？　どういうこと？　ステータスがこんな分からない文字と記号なのは、わざと神様がやっているの？　神様が相変わらずの間違いをしたんじゃなくて？

『見てください、一番下の部分!!』

今度はアリアナさんが叫《さけ》びました。今度は何？　みんなが一番下の部分を見ます。そういえばさっき、一番下は見てなかったかも。だって、全然読めなかったから。それに、急いでたしね。

一番下の部分に、読める部分がありました。そこには『神《かみ》の愛《いと》し子《ご》』と。それから『能力開示は、その時々により』って書いてあります。あと、『少しの間、あとのことは任せる』って。

任せるって何？　もう、きちんとできるところまでは面倒見てよ。ここへは神様が連れてきたんだからさ。これじゃあ僕、なんにも分からないじゃん。ん？　エセルバードさんたちは？

エセルバードさんたちを見ると、みんなが僕を見たまま固まっていました。さっきまでニコニコだったセバスチャンさんとマーゴさんまで真顔になっています。なに、どうしたの？

『まさか神の愛し子だと!!　カナデ様が神の愛し子!!』

またエセルバードさんが叫《さけ》びます。そうそう『神の愛し子』って何？

「かみにょ、いとちご、にゃに？」

『え、あ、ああ、神の愛し子とは、分かるように簡単に言えば、神に愛され、様々な能力を持っている、特別な子という感じだ……です』

ん？　です？　エセルバードさん、なんで急に『です』って。

『カナデ様、神の愛し子とは特別な存在なのですよ。神に一番近い存在、と私たちは考えているのです。この世界に神の愛し子様がおられたのは、もう何百年も昔。そんな中、神の愛し子のカナデ様が今ここに』

え？　神に一番近い存在？　アビアンナさん、僕はそんな存在なの!?　待って待って、僕はただのカナデだよ。それでフィルと家族なの。それ以上でもそれ以下でもないよ。そうか、だから神に近い存在だから、エセルバードさんもアビアンナさんも、急に敬語になったんだね……

「ぼく、かみゃで。いとちごかも、でもかにゃで。えりゃくない。だからしょにょまま、はにゃしゅ」

『ですが……』

「しょのまま!!」

『旦那様、ここはカナデ様の意志を尊重しましょう。カナデ様は特別に扱われたくないのです』

『そうね。あなた、カナデがそう言うのなら。カナデの気持ちが大切だわ』

ストライドさんとアビアンナさんもそう言ってくれます。

『……分かった。そうしよう。カナデの気持ちが一番大切だからな。これでいいか、カナデ』

「あい!!」

ふう、良かった良かった。それにしても神様、どうして神の愛し子なんて面倒なもの、僕のステータスにつけたのさ？

『……まさか、カナデが神の愛し子だったとは』

エセルバードさんが、ソファーに深く座り直しました。そして顔を両手でパンッと叩《たた》き、ボソッと僕に聞こえるか聞こえないかの声で、『しっかりしなければ』って言いました。

神様のせいでエセルバードさんたちが、とっても困った顔しています。本当にごめんなさい。神様にまたすぐ会えないかな？　この世界に慣れたらとかなんとか言ってたけど、会えたら僕、神様のことを怒りたいよ。

と、みんながちょっと困った顔のまま、話が中断しているところに、フィルとアリスターが今の状況に合わない、とっても元気のいい明るい声で話しはじめました。

『そっか、カナデは神の愛し子なんだね。すごいの？　へえ』

『カナデすごいなの!!　それでやっぱりダメダメかみさまなの！』

『そうだね、やっぱりダメダメダメ神様だね。カナデのステータスボード、分かんないのばっかりだし。ねえ、ダメダメ』

そしてダメダメって、歌を歌うみたいに言いはじめます。アビアンナさんが困り顔でなんとか二匹を止めていました。

『あっ、でもそれなら、一つ分かったこともあるね』

注意されて、二匹は歌も肩を組むのもやめてソファーに座ります。すると、アリスターがそう言いました。エセルバードさんが『なんのことだ』って聞きます。確かになんのことだろう？　ステータスボードには今話していたこと以外、何も分からないはずだけど。

『だって、神の愛し子だから、カナデは僕たちと普通にお話ができてるんでしょう？』

「え？」

フィルの言葉にまたみんなが固まります。どういうこと？　僕たちは最初から普通に話していたはず。まあ、最初アリスターと話せたことには驚いたものの、その前にフィルとも話せてたし、この世界ではどんな生き物でも、言葉は関係ないと思っていました。

『だって、僕はお話ししたとき、あっ、人の言葉まだ分からないから失敗って思ったんだ。でも、カナデはドラゴン語だったのに、普通にお話できたんだもん。とう様もかあ様もみんなも、今ドラゴン語でお話ししてるでしょう』

『……そうか、そうだよな。私は何を今まで』

『嫌だ、アリスターに今言われるまで、ぜんぜん気にしていなかったわ』

エセルバードさんとアビアンナさんがビックリしています。

詳しく話を聞くと、やっぱりこの世界には、色々な言葉があるみたいでした。魔獣の種類によって言葉が違うし、人族、獣人、エルフ、ドラゴン、それぞれにも言語があります。

色々な種族と関係を持つとき、言葉が分からないと困ってしまいます。

だから、この世界の人間もドラゴンも、その他の種族も、他種族の言語を覚えるそうです。もちろん、自分の元々の言語しか使えない人たちも中にはいます。でも、エセルバードさんたち、そして他のドラゴンさんたちも、ほとんどが二つ以上の別の言葉を話せるようでした。

でも僕は？　ここに来たばかりなのに、しかも体はこんなにちびっ子なのに、ドラゴンの言葉が分かるはずありません。それなのにどうも、今僕はドラゴンの言葉で話をしているようなのです。

ちなみにフィルも同じだそうです。

僕が拙《つたな》くても、普通に話していたから、エセルバードさんたちも今まで気づかずに、ドラゴン語で話していたんだとか。

『カナデはドラゴン語を習ったことはないんだな？　まあ、そんなに小さいのでは当たり前だろうが』

「にゃい、ほかにょことばもにゃい」

『はあ、アリスターの言う通り、カナデが知らない言葉を自然と話せるのも、神の愛し子の能力だろう。確か、以前の神の愛し子もそうだったはずだからな』

『そうね。ということは、その時々でステータスの表示が変わるみたいで、今は能力、力の量は分からないけれど、かなりの力を持っているはずね』

『それについては、なるべく早く調べた方がいいかもしれないな。カナデの年齢で普通は魔法は使えないが、もしかしたら……』

その後も、エセルバードさんたちは一応僕のステータスを確認しました。でも分からないところばかりです。とりあえず、あとで分かったことをまとめるとのことです。分からないこと、聞きたいことがあったら、その都度《つど》僕たちに聞くってことで、今日の話はこれで終わりになりました。

それから、明日はお屋敷の中や敷地を案内してもらうことに。僕が魔法を使えるかどうかは、また後日、さっきの夜景を見るのと一緒じゃないけど、僕たちが落ち着いてから調べることになりました。

あと、やっぱり僕は、フィル以外に家族はいないってことで、このままエセルバードさんの家で保護してもらうことになりました。少しの間このお屋敷に住めます。良かった。小さい僕とフィルだけじゃ、絶対に生きていけないもん。

また、僕がこの世界について何も知らないってことも分かったから、ここで過ごす間に色々教えてもらえることになりました。

それもとってもありがたいです。この世界について知ることは大事だよ。僕に合わせて教えてくれるから、簡単なことだけかもしれないけど、それでも何も知らないよりいいもんね。

と、話が一旦途切れたとき、僕とフィル、そしてアリスターのお腹がぐ～って鳴りました。いやあ、安心したせいかな？　それと同時に、誰かがドアをノックします。

『お食事の用意ができました』

『分かった!!』

『ふふ、タイミングバッチリだったわね。じゃあ、食堂に移動しましょう』

エセルバードさんとアビアンナさんが応じます。

本当にタイミングバッチリ。食堂はリラックスルームと同じ階、四階にあるんだって。お屋敷は五階まであって、五階はパーティーフロアになってるらしいです。パーティーフロアなんて、僕初めてだよ。明日見せてもらうんだ、楽しみだなあ。

『食事はカナデに合わせて、人間がよく食しているものを用意させた。ただ、カナデにそれが合うかどうか分からない。もし食べられないようなら、別のものを用意するから、すぐに言ってくれ。あと、ドラゴン用の食事でも、人が食べられるものがあるからな。それもあとでな』

『ごはん、たのしみなの!!　カナデもたのしみなの？』

「うん、ぼくもたのちみ！」

『僕のお家のご飯は、とっても美味《おい》しいんだよ』

この世界の初めてのご飯はどんなのだろう。地球と同じ？　それともぜんぜん違う食べ物？　それにドラゴンの食べ物って？　人にも食べられるものがあるって、エセルバードさんは言っていたけど、それなら食べられないものもあるってことだよね？

ドキドキワクワクしながら、僕は食堂に向かいます。フィルもブンブンとしっぽを振っていました。四階の一際《ひときわ》大きいドアの前に到着します。ドアの前には使用人さんが二人立っていて、すぐにドアを開けてくれました。そして——

使用人さんがドアを開けてくれた途端に、とってもいいにおいがしました。フィルが走っていこうとするのを僕が止めて、アリスターが飛んでいこうとするのをアビアンナさんが止めます。僕も走り出しそうだったけど、なんとか我慢《がまん》できました。

エセルバードさんに続いて、僕たちは食堂に入ります。相変わらず広い部屋に、相変わらず小さな、ううん、今までで一番長くて大きなテーブルがあります。

それから椅子《いす》が二つ。ちょっと大きめな横広がりな椅子《いす》が二つ、そして小さなレストランで出てくる、子供用の椅子《いす》が一つ用意してありました。

椅子《いす》の数に合わないテーブルの大きさです。なんでテーブルが大きいのか聞いたら、お客さんがたくさん来たときのためだって。最高で十二人は座れるみたい。

もちろん他の部屋と一緒です。ドラゴンのままでも集まって食べられるように、部屋は広くなっています。

僕とフィルは子供用の椅子《いす》と座面の広い椅子《いす》に案内されました。サイズはピッタリです。もう一つの座面の広い椅子《いす》にはアリスターが座ります。

それから、僕はエプロンをつけてもらいました。小さな子がご飯を食べるときに、洋服が汚れないようにする、小さな食事用のエプロンです。

最初に運ばれてきたのは、僕とフィルとアリスターが治療院《ちりょういん》で飲んだ、イチゴミルク味の飲み物です。エセルバードさんとアビアンナさんの前には、ワインみたいなものが運ばれてきました。

そして、いよいよ最初の料理が来ました。最初の料理はサラダと魚のマリネみたいな料理です。前菜って感じかな。他にも、僕が何を食べられるかわからないからか、パンのようなものとか、何品か追加で出てきました。

みんながいただきますをして、フォークを持ちます。それを見て僕も真似《まね》をします。

そうそうフォークやスプーン、ナイフも用意されていて、それは地球と変わりませんでした。

セバスチャンさんが料理の説明をしてくれて、魚のマリネと思っていたものは、ミンクっていう魚の料理だって教えてくれました。近くの川で釣《つ》ったそうです。

僕が食べやすいように、アリアナさんが別の小皿に取ってくれます。サラダは大丈夫だと思うから、まず魚から食べてみようかな。

う～ん、手が小さくて上手くフォークが持てません。でもなるべく落とさないように、なんとか魚にフォークを刺して、そっと口に近づけます。その間、みんなはずっと僕の様子を見ています。フィルまで……

あんまり見られると食べにくいんだけど。でも、僕が食べられるか心配で見てるんだよね。よし！　パクッ!!　おお、おおお、これは!!　食べた感じ、舌触りと味がサーモンでした。それから、イタリアンドレッシングみたいなソースがかかっていて、とってもさっぱりしていて美味《おい》しいです！　うんうん、やっぱりこれマリネだよ。

『どうだカナデ、食べられそうか？』

「おいち!!」

僕はエセルバードさんに答えます。

『そうかそうか、よしでは私も』

みんなが安心した顔をして、自分の料理を食べはじめます。フィルも特製の器に入れてもらって、それをパクパク食べます。良かった、フィルも大丈夫そう。

『そうだわ、フィルはどのくらいご飯を食べるかしらね。私たちと同じくらいかしら』

アビアンナさんがそう言うと、エセルバードさんはうなずきました。

『そういえばそうだな。フィル、これからまだまだ料理は運ばれてくるが、もし食べ終わってもまだ食べられそうなら言うんだぞ。すぐに用意するからな』

『わかったなの!! おいしいからいっぱいたべるなの!!』

エセルバードさんたちは人間に比べて、いっぱいご飯を食べるそうです。僕が前菜を食べ終わるまでに、フィルの顔と同じくらいのお皿に載った前菜を、六回おかわりしてました。ちなみに僕は僕サイズ。とっても小さいお皿に前菜がちょっとね。

次に運ばれてきたのはスープです。スープもミネストローネみたいで、お野菜いっぱい、お肉はとろとろで、とっても美味《おい》しかったです。

ただ、さっきのマリネもそうだけど、頑張《がんば》って汚さないで食べようと思ったのに、やっぱり上手くフォークもスプーンも使えなくて、かなり溢《こぼ》してしまいました。

エプロンをつけてもらって良かったよ。それと、テーブルを汚してごめんなさい。歩くのもそうだけど、これも練習しなくちゃね。汚したところを、ささっとアリアナさんが綺麗《きれい》にしてくれます。

「よごちて、ごめんしゃい」

『カナデ、いいのよ汚して。あなたはまだ小さいのだから、汚して当たり前よ』

『そうだぞ。それに、汚してるのはカナデだけじゃない。アリスターを見てみろ』

エセルバードさんに言われてアリスターを見てみると……アリスターも僕とあまり変わりませんでした。良かった。フィルは……フィルも同じです。

ただ、僕やアリスターは顔を拭《ふ》けばいいけど、フィルの場合は、あのふわふわもふもふの毛がべちゃべちゃになっています。ご飯が終わったら、洗ってあげないとダメかもしれません。

スープが終わると、次はいよいよメイン料理みたいです。メイン料理が運ばれてくる前に、なくなりかけていたジュースをおかわりして、それから新しいフォークが用意されてから数分後――

ドアが開いた瞬間、そっちを見る僕とフィル。そして一瞬にして固まりました。さっきからご飯を運んできてくれる使用人さんが、今度も美味《おい》しいにおいをさせて、メイン料理を運んできてくれると思ったんだけど……

ドアの前には、大きな大きな、まだ見たことない鳥の頭があります。なんで魔獣？　僕もフィルも固まったまま、ポカンと魔獣を見てしまいました。その鳥魔獣がどんどん近づいてきて……やがて、僕とフィルの後ろを通りすぎます。

そこでようやく鳥魔獣を運んでいる使用人さんが見えました。鳥魔獣が大きすぎて、今まで姿が隠れていたんです。しかも使用人さんは、その鳥魔獣を、僕とフィル、アリスターが余裕で乗れるくらい大きなお皿に載せ、片手で軽々と運んでいました。笑顔でね。

使用人さんは、その鳥魔獣の頭を、テーブルの真ん中に置きました。置いた瞬間、ドシンッと大きな音がしてテーブルが揺《ゆ》れます。やっぱりそうだよね、そういう衝撃が出るくらい大きくて重いんだよね？　え？

『本日捕まえたばかりの、コカトリスを捌《さば》きました。他にも魔獣は揃えてありますが、カナデ様、フィル様はこちらで初めての食事だと。それならばと、料理長が今お出しできる一番の食材を』

『これは立派なコカトリスだな！』

『ええ、最近では珍しいわね』

『わあ!!　いつも美味《おい》しいご飯だけど、今日はとっても美味《おい》しいご飯だね!!』

エセルバードさんとアビアンナさんのあとに口を開いたアリスターが、椅子《いす》の上に立って、ピョンピョン跳《は》ねます。それをすぐにアビアンナさんに注意されました。でも、注意したアビアンナさんも、ニコニコ顔でした。そして、エセルバードさんは……

鳥魔獣の頭が大きすぎて、テーブルの反対側に座っているエセルバードさんが見えませんでした。ただ、声の感じでは、エセルバードさんも喜んでるみたいです。

そんな中、まだぼけっと鳥魔獣を見ている僕とフィル。そんな僕たちはセバスチャンさんに話しかけられて、ビクッとしました。

『こちらの魔獣を見たことは？』

ぶんぶんと、同時に首を横に振ります。この魔獣の名前はコカトリス。セバスチャンさんがアリアナさんに、コカトリスの他の部位を用いた料理が運ばれてくるまでに、コカトリスに関する本を持ってくるように言いました。

すぐにアリアナさんが持ってきてくれたのは、小さい子用の図鑑でした。セバスチャンさんがページを捲《めく》るのを見ていたら、子供用だからか、可愛《かわい》い魔獣のイラストと、簡単な説明が書かれています。そして、コカトリスのページをセバスチャンさんが読んでくれました。

コカトリス。頭は鳥、それからトカゲ？　ヘビ？　を合わせたような姿をしていました。攻撃は物理的攻撃と毒だって。今テーブルに載っているコカトリスは大きい方みたい。

とっても強い魔獣らしくて、人が相手をするのは大変なんだとか。でも、ドラゴン族やエルフたちにとってはそれほどでもないみたい。というか、その人の持つ魔力、能力によって変わるそうです。人の中にも強い人たちはいて、その人たちなら相手ができるとのこと。

今日のコカトリスは、最近どこからかやってきて、里の近くで暴れていたんだって。里的には全然問題はなかったものの、騒音被害が出ていたみたいで、ささっと討伐したということでした。

いやあ、僕たちが三人で移動しているときに出会わなくて良かったよ。こんなにおっかない魔獣がいるなんて。ドラゴンが存在するんだから、いるのは当たり前かもしれないけど、これからもっと気をつけなくちゃ。

コカトリスのお肉はきちんと処理すれば、とっても美味《おい》しいから、タイミングが良かったわねって、アビアンナさんが言いました。

説明がちょうど終わったとき、メインのコカトリス料理が運ばれてきました。このにおいと見た目は、ビーフシチュー？ いや、牛じゃないから、コカトリスシチュー？

僕はセバスチャンさんにありがとうをして、スプーンを持ちます。そうそう、アリスターたちのシチュー皿は相変わらず大きくて、僕の顔を完全に入れてもなお余るくらい大きかったです。

『わあ！ 大きなお肉!! カナデ、フィル、ささ、食べてみて！』

アリスターに言われて、僕たちはすぐに食べはじめます。パクッ！ もぎゅもぎゅ。

「おいち!!」

『おいしいなの!! おくちにいれたら、きえちゃったなのぉ!!』

やっぱり、味はビーフシチューでした。そしてコカトリスのお肉は、鳥っていうよりも牛みたいでした。それも色々な食感の。

カレーやシチューに入っているお肉の感覚、それから牛タンのような感覚。あとは牛すじみたいな感覚もしました。食べていて、次はどんな感覚かなって、とっても楽しかったです。

それにぜんぜん硬くありません。スプーンでも、スッとまったく力を入れないでほぐれます。だから、ちびっ子の僕でも楽々切れます。それに、ふわっと口の中でとろけちゃって、ぜんぜん噛まなくていいんです。

こんなに美味《おい》しいなんて。今まで食べたお肉の中で、一番柔《やわ》らかいお肉でした。きっと長い時間煮込《にこ》んだんだろうなあ。それとも、元々柔《やわ》らかいのかな。

ペロッと食べた僕はおかわりするか聞かれたものの……もう僕の体だと、残念だったけど一杯で終了です。フィルは十回おかわり、アリスターは十二回、アビアンナさんとエセルバードさんは十五回もおかわりしていました。

そして最後のデザートは、レアチーズケーキみたいなものが出てきました。それからシュークリームのようなものもです。中に木の実と果物が入っているクリームが入っていました。クリームはモーっていう魔獣のミルクからできています。モー、牛？　デザートもとっても美味《おい》しかったです。とっても美味《おい》しい晩ご飯はこれで終了です。みんなでリラックスルームに戻り、もう少しだけ僕の話をしました。それで、今日は寝ることになりました。残りの話はまた後日ね。

みんな僕の部屋までついてきてくれます。また、アビアンナさんとアリアナさんに寝巻きを選んでもらいました。

ちなみに、この世界にも歯ブラシがありました。良かった、それも気になってたんだよね。ただ、クリーン魔法っていう、綺麗《きれい》にする魔法があって、面倒だからそれで終わらせちゃう人もいるみたい。

エセルバードさんもアビアンナさんも、このお屋敷で働いている人はみんなクリーン魔法が使えるらしくて、今日はそれで歯を綺麗《きれい》にしてもらいました。だって魔法を間近で見てみたくて。

フィルはさっきやってもらっていました。ほら、顔の周りがご飯で大変なことになってたからね。

魔法がかかった瞬間、僕の顔の周りを風が吹き抜けて、それからちょっとだけキラキラしたものが、僕の顔を包みました。これがクリーン魔法です。

ついでに体も綺麗《きれい》にしてもらいました。そうそう、お風呂があるそうです。準備が整ったら入らせてくれるって約束しました。

あっ!! トイレについても解決です。ここに来てからエセルバードさんたちに会う前、三人で森を進んでいたときは仕方なく森の中でしたんだけど、なんとトイレが存在しました。ただ、地球のトイレと似ていつつも、ちょっと違うのだとか。

前に本で見たことあるぼっとん便所の洋式バージョンって感じです。用を足したら、魔法の水で流します。魔法が使えない僕は用意してある水を使ったり、誰かに魔法を使ってもらったりしないといけないようです。

なんにしても、地球と同じようなものが多くて、ちょっとだけ安心しました。

＊

『さあ、みんなそろそろ寝ましょうね』

歯を綺麗《きれい》にして、トイレに行った後、用意してもらった部屋で、アビアンナさんに絵本を読んでもらいました。絵本は、ドラゴンの子供が冒険に出る話でした。地球の絵本とそっくりですが、出てくる木とか花とかは知らないものばかりです。

案外絵本を読むだけで、この世界の勉強になるかもしれません。僕のためにって、たくさん絵本を用意してくれています。色々落ち着いたら絵本を読んでみようかな。

『アリスターも部屋に戻るわよ』

アビアンナさんはアリスターに声をかけました。

『は〜い!! カナデ、フィル、また明日ね！ 明日はお家の中の案内と、お庭の案内と、それからいっぱい遊んで……』

『確かに案内をするけれど、アリスター、ゆっくりよ』

『うん!! お休みなさい！』

アリスターがメイドさんと一緒に部屋から出ていきます。その後、僕はベッドに入ります。アビアンナさんが、僕とフィルにって、ぬいぐるみを置いてくれました。また、ここに来るまでに貰《もら》ったぬいぐるみもです。それから、エセルバードさんが毛布をかけてくれました。

なんだろう、とっても嬉しいや。

『それじゃあ、また明日ね。ゆっくり眠るのよ』

『何かあれば、その台に置いてあるベルを鳴らすんだ。そうすれば、必ずマーゴかアリアナが来てくれる』

アビアンナさんとエセルバードさんがそう言ってくれました。

「あい！」

『わかったなの!!』

『ふふ、おやすみなさい』

『おやすみ』

全員が部屋を出ていき、最後にエセルバードさんが魔法で、天井に浮かんでいた光の玉を暗くしました。おお！　なるほど。確かにこれならいい具合の明るさに、自分で変えられるから便利かも。僕もそのうちこの魔法を使えるようになるかな？

僕とフィルだけになって、部屋の中がシーンとなります。少し経ったら、フィルが僕にくっついてきました。

『カナデ、ずっといっしょなの。はなれなくてよかったなの。あしたも、そのつぎも、ずうっといっしょなの。どこにもいかないなの？』

フィルは、ちょっと不安そうな顔をしていました。ここへ来てずっと元気にしてたけど、静かになったら不安になっちゃったのかな？　僕だって、一人だったら今頃……

僕はギュッとフィルを抱きしめます。

「だいじょぶ、じゅと、いちょ！　バイバイちない。ぼくたちは、かじょく!!」

僕はフィルの不安が少しでも消えるように、笑ってそう答えました。フィルは考える顔をしてから——

『うん！　かぞくなの!!　かぞくはずっといっしょなの!!　ねえねえカナデ、にひきでかぞくってやるなの！』

それから起き上がって、肩を組んで手を上げるポーズをしました。せっかく毛布をかけてもらったけど、すぐに僕も起き上がってフィルの隣に立ちます。それで二人で肩を組んで手を上げて——

「かじょく!!」

『ずっといっしょなの!!　かみさまはダメダメかみさまだけど、かぞくになれたなの!!』

そうだね、フィル。それについてはお礼を言わないとね。その他についてはは、まあ、ねえ……

ポーズが終わった僕たちは、また毛布の中に潜って手を繋いで、ぬいぐるみもしっかり持って、眠りにつきました。

＊

『大丈夫そうだな。心配でちょっと様子を見ていたが』

私――エセルバードたちは今、リラックスルームに戻ってきている。カナデたちの部屋から出てすぐ、ドアの隙間《すきま》から中を見ていた。するとしばらくして急に立ち上がり、あのアリスターとやっていたポーズをして、『家族』『ずっと一緒』そして『ダメダメ神様』と言った。

『そうね。それにしても、アリスターもカナデたちも、完全にシオドリック様をあんな風に認識してしまって……』

アビアンナが苦笑する。

『はは、ダメダメ神様か。まあ、カナデたちにしてみれば、話を聞いた限り、そうなってしまうのは仕方がないな。それでみんな、カナデたちのことをどう思う？　ステータスボードに間違いはないと思うが』

『カナデたちには出会ったばかりだけれど、嘘をつくとは思えないわ。それに魔法のことも分かっていないし』

『確かに反応が、子供の初めてのものを見たときの、まさしく興味津々といったものでしたからね。あれは嘘ではないでしょう』

ストライドもアビアンナに同意する。

『ではやはり、カナデは本当に「神の愛し子」ということか。神によってこの時代に遣わされた』

『そうなのでしょうね。まさか私たちの生きている時代に、神の愛し子が』

まさかアリスターが連れてきた小さな人間の幼子が『神の愛し子』だったとは。

確かに、ステータスボードはそれを示していて、しかもカナデたちはシオドリック様にお会いになったようだ。

念のためにもう少し調べるつもりだが、おそらくカナデは本当に神の愛し子なのだろう。

『さて、これからどうするか』

『私たちでできることはやりましょう。カナデの魔力量や適正魔法も何も分かっていないわ。それについても後で調べないと。そして、できるならば魔法の使い方も教えてあげられたら。神の愛し子ならば、その力も計り知れないでしょうからね』

『そうだな、アビアンナ。落ち着いたら確認しなくては。それにフィルについてもな』

フェンリルなど、何十年ぶりに見たことか。体はカナデより大きくとも、生まれてまもないだろう。フィルにもしっかりと、自分を守ることができるように、色々教えなければ。

フェンリルのことが外に知られれば、攫《さら》われてしまう可能性もある。まあ、それはカナデにも言えることだが。まだ赤子のフィルが、全てに対抗できるとは思えない。

それに、離ればなれになるなど、カナデたちは考えてもいないだろう。『家族』『ずっと一緒』と、とてもいい笑顔だった。あの笑顔を守るために、ここにいる限りは私たちが全力で守ろう。それでも、気をつけることにこしたことはない。

『明日から忙しくなるな』

『いいじゃない、私たちの子供が増えたと思えば』

『ふっ、確かにな』

『でも、ドラゴンと人間ではやはり違う部分もあるわ。あなた、そのことはしっかり考えておいてね。人間については人間に。分かっているわよね』

『……ああ』

やはりそうなるよな。はあ、どうするか……

＊

二人で家族でずっと一緒って確認した後、僕——カナデたちは次の日の朝にアリアナさんが呼びにきてくれるまで、ぐっすりと眠ることができました。目覚めも元気バッチリです。

顔を洗って、着替えさせてもらってから、食堂に向かいます。

朝のご飯は、僕はサンドイッチと、相変わらず見たことのない果物に紅茶風の飲み物です。エセルバードさんたちやフィルは、朝から何かの肉のステーキを食べました。僕にはお肉は重すぎるだろうからって、サンドイッチにしてくれたそうです。

うん、さすがに朝からあの大きなステーキは入らないかな。サンドイッチはとっても美味《おい》しかったです。野菜もシャキシャキ、大きなハムが入っているミックスサンドと、卵サンドでした。

ご飯を食べた後は、昨日話していた通り、お屋敷の中を案内してもらうことになりました。まずは一階から。

一階はあの大きな玄関ホールと、端に荷物部屋。それから、使用人さんやメイドさんたちの休憩《きゅうけい》部屋に、ちょっとした来客部屋だって。

ちょっとした？

仕事関係や、重要な人物、友人が来ているときは、二階の来客部屋を使うみたいです。でも、そこまではない人たち――例えば、地球で言えば新聞の勧誘とか。大体の人は追い返すけど、どうしてもそうできない人もいるらしくて、そのときは一階の来客部屋を使うんだって。

二階は、今話した来客室とエセルバードさんたちの仕事部屋が何室か。仕事の内容によって、部屋が分かれているみたい。仕事部屋がいくつもあるなんて、ちょっと嫌だな。だって仕事部屋だよ？

そして、もう一つ大事なものが二階にはあります。そう、お風呂です。二階の約三分の一を使った、とっても大きなお風呂なんだって。

ただ中はまだ見せてもらえませんでした。お風呂がある部屋のドアには、改装中の文字が……もう少し改装には時間がかかるものの、完成したら僕たちが一番に入っていいそうです。楽しみだなあ。

三階は、エセルバードさんたちとアリスター、僕たちの部屋があって、フィルの遊び部屋も三階にあります。あとはエセルバードさんとアビアンナさん、それぞれの趣味の部屋です。

それでね、エセルバードさんたちの部屋に入るときは、誰かと一緒に入るように言われました。危険だからって。危険？　趣味の部屋が危険？　一体どんな部屋なんだろう？

次は四階。リラックスルームと食堂と、友人が来たときにお茶をするための部屋と、厨房《ちゅうぼう》があります。昨日の晩ご飯も今日の朝ご飯も、とっても美味《おい》しかったなあ。僕、この世界のご飯大好きだよ。

最後は五階。ここは昨日聞いた通り、パーティールームです。それから端には、パーティー用の荷物が置いてある部屋があります。

そして、パーティールームを見せてもらってビックリしました。映画で見たような、お城のパーティールームみたいに、とってもキラキラ、ピカピカで、とっても大きかったんです。装飾や置きものも全部キラキラ。窓の中にはステンドグラスみたいなのもあって、それもとっても綺麗《きれい》でした。あっ、でも、なんで〝ルーム〟なのって聞きました。だって、ルームっていうよりホールって感じだから。そうしたら、ホールほど大きくないからなって言われてしまいました。今度もう少し広げるらしいんだけど、今の広さならルームなんだとか。

……うん、大きさが違いすぎて、なんか分かんなくなってきました。でも、綺麗《きれい》だからいいか。

『きれいなのぉ‼　でもぱてぃ？　なにするなの？』

フィルがそう言いました。

『そっか、フィルは知らないんだね。とう様、今度はいつパーティーがあるの？』

『来月にちょっとしたパーティーをする予定だ』

『フィル、パーティーというのは、たくさんのドラゴンや、時には他の人たちも集まって、お喋《しゃべ》りしたり、料理を食べたり、ダンスをしたり、色々楽しいことをするのよ』

『わぁぁあ、おもしろそうなの、たのしそうなの！』

アビアンナさんの言葉に、フィルは大はしゃぎです。

『もう少ししたらパーティーがあるから、それまで楽しみにしていてね』

『うんなの!!』

パーティー、僕も初めてだよ。わわ、どうしよう、今からとっても楽しみ!!

これでお屋敷の案内は終わりです。案内が終わると、ちょうどお昼ご飯の時間になりました。お昼はクリームパスタにオニオンスープみたいなものでした。これまた美味《おい》しくて完食です。フォークやスプーンの扱いは相変わらずだけどね。

お昼ご飯の後は、お庭の見学です。でも見学する前に注意がありました。絶対に一人では庭に行ってはいけないそうです。ドラゴンサイズの庭を、僕が一人で歩いたら？　それはもう完璧に迷子になるよね。

フィルはにおいとか、人やドラゴンの気配が分かるみたいで、問題ないらしいんだとか。大丈夫、僕だって庭で迷子なんてなりたくないもん。必ず誰かと一緒に来ます。

というわけで、いざ庭へ行くと……一日で見て回るのは無理そうでした。だって、噴水とかテラスとか、三分の一見ただけでおやつの時間になってしまったほどです。今日見ることができるのは、たぶん庭全体の半分くらい。どれだけ大きいの⁉

あっ、ちなみに、一日の時間は地球と同じでした。それと一ヶ月は三十日。覚えやすくて良かったです。

十五時になっておやつの時間になりました。おやつはショートケーキみたいなものを食べました。

ほぼショートケーキです。たぶん、使われている食材や調味料は違うだろうけど。美味《おい》しいからなんでもいいよね。アリスターたちやフィルは、ワンホールのケーキを食べていました。

朝からずっと楽しくてニコニコの僕たち。おやつの後も楽しみだなあって、さらにニコニコだったのに、まさかこの後、あんな事件が起こるなんて、このときは思ってもいませんでした。

最初にフィルが、次にアリスター、その後に僕がおやつを食べ終わります。エセルバードさんとアビアンナさんは、もう少しゆっくりしたいみたいなので、それまで僕たちは、近くで遊んでいることにしました。

行ってもいいのは、エセルバードさんたちに僕たちの声が聞こえるところまで。もちろん、アリアナさんと、他のメイドさんが何人かついてきてくれます。

最初は近くの花壇に咲いていた、見たことがない花を見ていたんだけど、ふとどこからか、甘いとってもいいにおいが漂ってきて……

「いい、においしゅりゅ。にゃんによ、におい？」

『あっ、今日ちょうど花が咲いたのかも。すぐそこだから見に行ってみる？　とっても綺麗《きれい》なピンクの花が咲いてるはず』

そう、アリスターが教えてくれました。

『フィル、みたいなの！』

『じゃあ行こう！』

みんなで花が咲いている場所まで移動します。近づくにつれて、どんどん甘いにおいは強くなってきました。ただ、途中である変化が。なんか一瞬だけ、クラッとしたような、それからフワッとした感じがしました。

でも本当に一瞬で、後はいつも通り。だからこのときは全然気にならなかったんだけど……このときに、花のにおいがアレに似てるって気づければ良かったのにね……

移動した先には、アリスターの言った通り、とっても綺麗《きれい》な花が咲いていました。大きさは僕の顔くらい大きくて、花びらがいっぱいでもこもこ。そして、微《かす》かにポワッと光っています。

『この花は、ケサオって言うんだよ。僕たちドラゴンは、この花のにおいが大好きなんだ』

『年に四回、二週間ほど咲きます。私たちはそれを摘《つ》んで、色々なものに変えるのですよ。例えばお部屋の中をこのいいにおいに変えるために、ドライフラワーを作ったり、料理に使ったり、色々です』

アリアナさんが言いました。

へえ、いろんなことに使えるんだね。本当にいいにおいだよ。それに、なんかとってもいい気持ちになってきたような？　近づいて花のにおいをよく嗅《か》ぎます。フィルも花の中に顔を突っ込んでにおいを嗅《か》ぎました。

数分後、最初に異変が起きたのは僕でした。そろそろエセルバードさんたちのところに戻ろってアリスターに言われて、花から離れようと振り向いたとき、クラッとしました。僕はそのままヨロヨロと座り込んでしまいます。

あれぇ？　どうしたのかな？　すぐに立ちあがろうとするものの、全然体に力が入りません。アリスターとメイドさんたちが慌《あわ》てて僕のところに来てくれます。

でも次の瞬間、僕の横でドサッっていう音が聞こえて、フラフラする頭で隣を見たら、フィルが倒れていました。

「ふぃりゅぅ？」

『フィル!!　どうしたの!?』

ここで、今度は僕が倒れそうに……

僕の記憶はそこで途切れました。

＊

私――エセルバードとアビアンナがお茶を飲み終わり、そろそろアリスターたちを呼ぼうとしたときだった。

『旦那様!!　カナデ様とフィル様が!!』

緊迫したアリアナの声に、私もアビアンナもすぐさまカナデたちのところへ向かった。そしてそこには、倒れているカナデとフィルの姿があった。

『何があった！』

『それが何も。先ほどまで、ケサオのにおいを嗅《か》がれていたのですが』

『あのね、とう様。戻ろうとしたら急に倒れちゃったの！』

アリアナとアリスターの言葉を聞き、私は振り返ってセバスチャンを見た。

『セバス、すぐにグッドフォローを呼べ!!』

『はっ!!』

その後、使用人、メイドたちには周囲を調べさせる。使用人もメイドたちも、みんなこういうときに動けるように訓練しているからな。問題はない。そして、騎士たちには屋敷の警護を強くするよう、命令を出した。

それから私は、カナデたちに外傷がないか確認をした。

ふう、外傷はないな。だが顔色が悪い。頬《ほお》は赤く、少々熱があるようだ。

そっとカナデを抱き上げ、部屋へ向かうことにする。毒の可能性もあり、あまり動かすのはまずいのだが、このまま庭にいるわけにもいかない。フィルのことはアビアンナに任せる。

一体何が起きた？　昨日のうちに、屋敷の警護は強くしたし、それでも何かあるといけないと、屋敷に結界も張った。それなのに、どうしてカナデたちはこんなことに。誰がこんなことを？

もしくは、カナデたちは神の愛し子。神がここへ遣わした。が、体がこの場所に馴染《なじ》めず、体調を崩してしまったのか？

色々なことが考えられる。だが、今はとりあえず部屋へ運び、グッドフォローに見てもらわなければ。

「にゅう？」

運んでいる最中だった。今までなんの反応も示さなかったカナデが声を発した。思わず足を止める。

『カナデ！　カナデ！　私が分かるか!?』

『カナデ、僕だよ、アリスターだよ!!』

横にいたアリスターも、心配そうに呼びかける。

「にゅうぅぅ？」

『カナデ!!』

「クケケケケケっ」

突然、カナデが笑い出し、手足をバタバタさせはじめた。

「クケケ、フヘヘヘヘ」

『わおぉぉぉんなにょう！』

カナデの様子に驚いていたら、今度はアビアンナに運ばれているフィルが騒ぎはじめた。困惑しているらしきアビアンナは、フィルを下へ降ろしてしまった。すると、フィルはヨタヨタ歩きながら、フヘヘなの、ウヘヘヘヘなのと笑い続ける。

『あっ!!』

アビアンナが声を上げた。今度はなんだ!?

『あなた、私、いえ私たち、また大切なことを忘れていたわ！』

『アビアンナ、それは今言わなければいけないほど、大切なことなのか!?　カナデたちがおかしなことになっているんだぞ！』

『ええ、大切なことよ！　カナデたち、酔っ払っているのでは？　嗅《か》いでいた花はケサオよ!!』

『……!!』

その場にいる全員の動きが止まる。『どうしたの』と、アリスターだけは慌《あわ》てた様子であっちにこっちに動いている。

私はわずかの間だけ目を瞑《つぶ》ってから顔を上げた。そうか、そうだった。カナデたちが嗅《か》いでいたのは、ケサオの花だった。しかもあんなに近くで。

『……カナデたちを運ぼう』

暴れるカナデを抱き直し、フラフラ歩くフィルも抱くと、私たちは今度は急ぐことなくカナデたちの部屋へ向かう。

はあ、久しぶりのドラゴン以外の種族との交流で、完璧に忘れてしまっていた。あの花はある意味カナデたちにとって、危険なものだったのに。

5. お酒？　には気をつけましょう

僕――カナデが目を覚ましたのは、夜ご飯の時間のちょっと前です。目を開けたとき、なぜか心配顔で僕を見ているエセルバードさんたちの姿がありました。横を見ると、フィルも寝ています。なんで、みんなは僕たちを見ているの？　そんな心配そうな顔をして。

僕はゆっくりベッドから起き上がります。でも起き上がった瞬間、クラッとして、頭がズキンッとして、胸のあたりがムカムカして、とっても気持ち悪いです。

「いちゃ！　ふりゃあ、きもわりりゅう」

『はあ、やっぱりこうなったか』

『困ったわね。まだグッドフォローは戻ってこないのかしら』

エセルバードさんとアビアンナさんは何か分かっているようです。

「いちゃあぁぁ、きもわりゅう」

なんで僕こんなに具合が悪いの？　何かの病気？　慌《あわ》てるんだけど具合が悪すぎて、考えることができません。

しかも、僕の苦しむ声でフィルも起きちゃったみたいで、『おはよなの』って寝ぼけながら起き上がろうとします。でも起きた瞬間、僕みたいに苦しみはじめました。

『カナデ、いたいなの、きもちわるおなの、フラフラするなの』

フィルも!?　僕たちどうしちゃったんだろう。そうだ今、アビアンナさんが『グッドフォローさん、まだ帰ってこないの』って言っていました。グッドフォローさんなら、具合が悪いの治せるの？　なら、早く治療院《ちりょういん》に連れていって！

エセルバードさんたちにそうお願いしたんだけど、グッドフォローさんは今、別の里に診察に行っているらしくて、いつ帰ってくるか分からないみたいです。もう帰ってくる時間なのに、全然連絡がないそうで。

それを聞いて、僕はさらに具合が悪くなった気がしました。フィルはベッドの上でのたうち回ったり、毛布に潜ったりして、なんとか具合が悪いのをやり過ごそうとしたんだけど、どうにもなりません。

とりあえず水を飲んでって言われ、気持ち悪いのを我慢《がまん》して飲みました。そうしたら少しだけ頭がスッキリして、そのおかげでエセルバードさんたちの話が、もっとよく聞けるようになりました。

だからね、僕、変な病気になっちゃったのって聞きました。だって、それが一番心配です。元々この世界の住人じゃない僕とフィルは、もしかしたら体が合わなくて、変な病気にかかっちゃったのかなって。

でも、返ってきた答えは、僕が考えていたものとは違いました。なんと、僕とフィルの病名というか、この症状は、二日酔いだったんです。

まさかの返答に、具合が悪いのを一瞬だけ忘れて、「え？」って言いました。まあ、すぐにまた具合が悪くなったけど。

「ふちゅかよ？」

『ああ。二日酔いとは、大人の飲み物にお酒というものがあるのだが。それを飲みすぎると、今のカナデやフィルのように、具合が悪くなるんだ』

うん、二日酔いって、原因はお酒だよね。お酒、この世界にもあるんだね……って、僕はお酒なんか飲んでないよ。もちろんフィルもね。それなのに、なんで二日酔いになっちゃったの？

「おちゃけ、のんじぇにゃい。じゅしゅ、のんじゃ」

『ボクもジュースのんだなのぉ』

『カナデたちはもちろんお酒は飲んでいない。嗅《か》いだんだよ。お酒のきついにおいを。そこでお酒の成分が体に入ってしまって、二日酔いになってしまったんだ』

僕たちが見たケサオは、お酒の材料となる花でした。花の部分が原料になり、どんなお酒よりもとっても美味《おい》しいものができるみたい。ただお酒自体はとってもアルコールが強くて、体の丈夫なドラゴン、魔獣、獣人なら平気なんだけど……人はね。

もちろん、人の中にもお酒に強い人はいます。でも、体が小さくて、しかもお酒に弱い僕や、体は僕よりもちょっと大きくて、フェンリルとはいえ、まだ子供のフィルには……

そんなケサオも、遠くからにおいを嗅《か》ぐとか、いいにおいだから部屋にドライフラワーを置くとか、それくらいだったら問題はないそうです。でも、僕たちは間近でにおいを嗅《か》ぎました。フィルなんて花に顔を突っ込んでいたし。

ケサオの花は香りにもお酒の成分があり、それをまともに吸った僕たちは二日酔いになったというわけです。

病気じゃなくて安心したものの、この世界に来てまだ二日目で、こんなことになるなんて……

グッドフォローさんなら、二日酔いなんかささっと治せるんだけど、まだ帰ってきてない……いつまでこの状態でいないといけないのかな？

『あなた……』

『ああ、だいぶ溜《た》まってしまっているな』

アビアンナさんとエセルバードさんが何やら話しています。

僕はフィルと一緒に、毛布の中に潜り込みます。と、そのときでした。

『旦那様!!　グッドフォロー様から連絡がありました！　準備をしてすぐに向かうと！』

本当!?　グッドフォローさん帰ってきた!?　準備って魔法使うのかな？　早く来て!!


二人で頭痛い、気持ち悪いって言いながら待つこと十分。突然窓の方からグッドフォローさんの声が聞こえました。

布団から顔を出し、僕とフィルは窓の方を見ます。すると、窓の縁《ふち》のところに、グッドフォローさんが立っていました。

『遅くなってすまない！　薬を用意してきたんだ。ちょうど薬をきらしていてね。さあ、カナデ、フィル、すぐに治してあげるからね』

グッドフォローさんが、サッと僕たちのところに飛んできます。それから、この前みたいに手をかざしました。僕たちの体が光ると、頭が痛いのも気持ち悪いのもフラフラも、全部が治まってきました。そして数分もしないうちに、完全に治りました。

『なおったなの!!』

「なおっちゃ!!　も、だいじょぶ！」

『良かった。じゃあ次はこれを飲んでくれるかな？』

グッドフォローさんが、持ってきたカバンから、小さな小瓶《こびん》を出しました。

この小瓶《こびん》。中には何か液体が入ってるみたい。薬かな？　でも、もうグッドフォローさんが治してくれたから、僕たちはもういつもみたいに元気なのに。

『カナデ、それにフィルも。ケサオの花の症状は、ぶり返すことがあるんだよ。また頭が痛くなったり、気持ち悪くなったりね。またなるのは嫌だろう？』

え？　そんなの嫌だよ。あんな思いはもうしたくない。本当に最悪だったんだから！　僕がうんうんうなずくと、フィルも一緒にうんうんうなずきます。フィルだって嫌だもんね。まったくしつこい症状を出してくるね、ケサオの花は。

すぐにグッドフォローさんから小瓶《こびん》を受け取ったら、溢《こぼ》さないようにと、アビアンナさんが飲むのを手伝ってくれました。フィルも溢《こぼ》さないように、フィル専用の器に入れ替えて飲みます。

味は桃味でした。それから、サラッとしていて、抵抗なくすぐに飲めちゃいます。良かった、にが〜い薬じゃなくて。

『さあ、これでもう安心だよ』

「ありがちょ!!」

『ありがとなのぉ!!』

僕とフィルは、グッドフォローさんにお礼を言いました。

『はあ、すぐに治って良かったよ。もっと症状がひどければ、治療《ちりょう》にもう少し時間がかかったからね』

そうなの？　ふう、良かった良かった。

『さて、僕はエセルバードたちと話があるからね。廊下《ろうか》でアリスターが待っているみたいだから、遊んでおいで』

アリスターは、僕たちの症状が良くなるまで、廊下《ろうか》で待っててくれたようです。すぐに廊下《ろうか》へ出ると、アリスターが元気になった僕たちを見て、心配顔からニッコリに変わりました。エセルバードさんたちの話が終わって、ご飯の時間になるまで、アリスターの遊び部屋で遊んでいることにします。

廊下《ろうか》を歩きながら、フィルが僕に、『げんきにしてもらったから、からだがすこしポカポカなのかな？』って聞きました。昨日僕は、グッドフォローさんに治療《ちりょう》してもらっているので、そのときと同じか確認してきたみたいです。

そう、今、治してもらってから、少しだけ体の中がポカポカしています。それは僕だけじゃなく、フィルもそうだったみたい。ただ、昨日はこんな風になっていません。

でも、それはこの世界に来て一日目で、色々とバタバタしていたから気がつかなかっただけなのかもしれません。

それかほら、もしかしたら薬を飲んだからかも。あの薬は、この世界に来て初めての薬ですし。このポカポカが、二日酔いの症状が出ないようにしてくれている可能性だってあります。

『そか、カナデもいっしょ、わかんないなの。でも、きもちわるいポカポカじゃないから、だいじょぶなの』

「うん、しょだね」

フィルの言う通り、嫌な感じのポカポカじゃないから大丈夫なはず。それに、何かあればエセルバードさんたちに言えばいいし。

……このときの僕は、そのくらいにしか考えていませんでした。でも、これが第二の事件に繋がるなんて。

このポカポカ、別に悪いものじゃなかったんだけど、ううん、それどころか大切なものなんだけど、時と場合によってはダメなものでもあったんです。

それは夜ご飯の後に判明しました——

今日の夜ご飯は、サラダとお肉や野菜が入っているゼリーみたいな前菜から始まります。フランス料理とかに出てきそうなやつね。それからコーンスープ風のもの。

メイン料理はハンバーグでした。ハンバーグにスパゲッティ風なものが添えてあります。ソースはデミグラスソース風で、とっても美味《お い》しかったです。というか、全部美味《お い》しかったです。デザートはプリン風のものね。それに、色々な果物がトッピングしてあって、プリンアラモードみたいでした。

そしてそして、夜ご飯を食べたあと、またアリスターの遊び部屋で遊ぼうと思っていたのに、エセルバードさんたちに大事な話があるって言われました。また何かあったのかなって、ドキドキしながらリラックスルームに行きます。

そうそう、話し合いの場にはグッドフォローさんもいました。今日は一緒に夜ご飯を食べています。それで、またあの小瓶《こびん》の薬を飲んでから、話が始まりました。

『話というのはな、カナデとフィルの魔力についてだ。魔力というのは、私たちが魔法を使うときに必要なものなのだ。この世界に生きている全ての者が魔力を持っていて、それはとてもとても大切なものなんだ』

うん、やっぱり魔力ってあるんだね。簡単に魔法が使えるなんて思っていなかったけど、小説とかだとそうだから、当たり前のことかな。

でも、それがどうしたんだろう？　僕たちは小さいから、まだ魔法は使えないとか、魔力量が見えないとか、昨日ステータスを見たときに話していたよね？

『それがな。本来だったらとても大切なものなのだが、今その魔力が、カナデとフィルの体の中で、悪さをしようとしているんだ』

なんですと!?

「わりゅしゃ」

『わるいことするなの？』

『そうだ』

グッドフォローさんがうなずきます。

『からだのなかで、わるいことなの……カナデ！　たいへんなの!!』

「ふぃりゅ、ちゃいへん!!」

『二匹大変！　どうしよう！』

僕とフィル、そしてなぜかアリスターも一緒に、思わずソファーからよいしょっと飛び降りて、あっちこっちフラフラしてしまいました。せっかく二日酔いが治ったのに、どうしてそんなことに!?

『みんな落ち着きなさい。話はまだまだこれからだ』

グッドフォローさんには言葉で、ストライドさんとアリアナさんには体で止められた僕たちは、なんとかソファーに座り直します。

『ふう、それでだ。なぜ魔力がカナデたちの体の中で、悪さをしようとしているかというとだな』

それは、ケサオの花のせいでした。

二日酔いになるだけなら問題はありません。いや、二日酔いだって、小さい僕たちにとっては大問題なんだけど。ただ、普通だったらそれで済んだのに、ここで思わぬ出来事がありました。

僕たちは、グッドフォローさんが来てくれるまで、痛みと気持ち悪さと戦って、ベッドの上でのたうち回っていました。

どうもそのときに、体の不調を消そうとして、無意識に体内に魔力を溜《た》めてしまったようです。

エセルバードさんたちもグッドフォローさんも、みんな魔法を習いはじめたときや、まだ若いときは、魔法を使う前にまず体の中に魔力を溜《た》めるんだとか。使う魔法に必要な分の魔力を溜《た》めてから、魔法を発動させます。

大人になった今はもうそんなことをしなくても、すぐに魔法を使うことができるけど、最初はみんなそうやって練習するみたいです。

僕とフィルは、それを無意識にやってしまったらしいのです。もちろん魔力を溜《た》めるとか、その方法とか、そんなことを僕たちは知りません。自分から魔力を溜《た》めることもしていません。体が危険を感じて、勝手に魔力を溜《た》めてしまったみたい。それだけ二日酔いがひどかったってことです。

そして、二日酔いはグッドフォローさんに治してもらったものの、溜《た》まった魔力が体内に残っています。少しの魔力なら、自然と発散されるんだけど、どうも溜《た》まった魔力が多すぎるようなんです。

『このままだと、そのうち熱が出て倒れてしまうんだ』

わわ!? 今度は熱が出て倒れる!? なんでこう問題が起こるの？ そうだ！ 魔力を消すのも、病気を治すみたいにグッドフォローさんができたりしない？

そう聞いてみたところ、さすがのグッドフォローさんも、それはできないんだって。

ただ、こういうときのために、魔力を消す方法があるみたいです。

なんだあ、それを早く言ってよ。慌《あわ》てちゃったじゃん。

赤ちゃんやまだ魔法を習う前の小さな子たちは、時々魔力が溜《た》まってしまうことがあって、そのときのために、特別な石を用意してくれているそうです。その石には、魔力を吸い取る力があるんだって。

溜《た》まった魔力の量に合わせて石の大きさを決めてから、その石を触ると、それだけですぐに溜《た》まってる魔力がその石に流れます。余計な魔力が石に全部流れたら終了。問題は解決です。

「じゃ、いちしゃわりゅ」

『それでだいじょぶになるなの？』

『あ〜それでまた問題が』

もう！　グッドフォローさん、今度は何？　また問題？　聞いたら、昨日この里にある、その特別な石の最後の在庫を使ったところでした。それで明日にも、石を取りに行く予定になっていたそうです。

ただ、そもそも僕たちの溜《た》まっている魔力は、エセルバードさんたちが初めて見るくらい、かなり多いらしくて、普通の石じゃ無理なんだとか。だから、もし石があったとしても、使えなかったかも？

ええ〜!!　そんなあ!!　じゃあ、僕たちはどうしたらいいの!?　またソファーから飛び降りて、あっちこっち行ったり来たりします。そりゃ、そうなるでしょう？

『カナデ、フィル、アリスターも座りなさい。大丈夫、方法は考えてある！』

『溜《た》まった魔力を石で出せないのなら、魔法を使えばいい』

エセルバードさんとグッドフォローさんの言葉に、僕とフィルはピタッと止まります。エセルバードさんとグッドフォローさんがニヤッと笑いました。魔法ですと？

僕とフィルはすぐにソファーに戻ります。それと同時にストライドさんが、テーブルに何かを置きました。水晶？　僕の顔よりもちょっと小さい、透明《とうめい》な石でした。

『この石は、その人物がどんな魔法を使えるか、教えてくれる石なんだ。触ってみるから見ているんだぞ』

エセルバードさんが石を触ります。そうしたら、すぐに石が光りはじめました。黄色と緑、赤色と黒色、四色に光ります。

『他の色も時々出るんだが、そちらは力が弱いから、出たり出なかったりだな。黄色は光の魔法、濃い緑は風魔法、赤は火魔法で黒は闇魔法。どれも私の得意魔法だぞ。こうして、自分がどの魔法を使うことができるのか、この石で調べることができるんだ』

おお!! 異世界っぽいのがきた!!

『確かに、小さいうちは魔法は使えない。だが――』

もし僕たちが、なんの魔法が得意か分かったら――例えば光の魔法が使えるなら、光の上級魔法を使える人に手伝ってもらうことで、僕たちでも魔法が使えるとのことでした。それで魔力を発散すれば解決です。

ただ、じゃあなんで普通はそれをしないで、石で魔力を吸い取るのか。それは、石を使った方がただ単に楽っていうのが、一番の理由らしいです。

それにね、ただ上級魔法を使えるだけじゃダメでした。かなり力のある、上級魔法が使える人じゃないといけません。もし魔法が暴走しちゃったら、それを抑えなくてはいけないからです。下手をすると爆発を起こすんだって。爆発……

『はは、そんな心配そうな顔をしなくても大丈夫だ。ここには、私もアビアンナいる。そして、グッドフォローもな』

そうだった!! エセルバードさんは、この森で一番強いドラゴン。そしてアビアンナさんもいるんだ! グッドフォローさんは、治癒《ちゆ》魔法しか見てないけど、ささっと病気を治してくれるし、エセルバードさんがそう言うなら、きっと強いドラゴンなんだね!

『だから、これからカナデとフィルの使える魔法を調べて、明日、魔法を使おうと思っているんだ。ステータスボードを見るだけじゃ分からなかったからな』

そうだよ、神様のせいで、僕のステータスはほとんど分かんないんだよ。でも、この石をさわれば、どんな魔法が使えるかは分かるんだね。

僕はどんな魔法が使えるんだろう。光魔法かな? 火魔法かな? 土魔法とかもあったりするのかな?

『よし、じゃあ、最初にフィルからやってみるか』

『うんなの!!』

フィルが元気よく石の前に移動しました。

『いいか、ちょっと触るだけでいいからな。バシバシ叩《たた》いたり、力を入れすぎて、石を転がさないようにするんだぞ。この魔力判定石が光ったら、少しして手を離していいからな。分かったか？』

『わかったなの！　ちょっとさわって、ひかったらはなすなの！』

『少ししたら離すんだぞ。さあ、始めよう！』

石の名前は魔力判定石というんだね。僕は、フィルがどんな魔法を使えるのか気になって、ドキドキしながら石が光るのを待ちます。

フィルが石を触ると、エセルバードさんのときみたいに変化はすぐに起きました。最初に赤く光って、そのあとは濃い青色に光り、それから茶色に光りました。わあ！　フィル三種類の魔法が使えるんだ！　すごいすごい！

『よし、そろそろ……ん？　なんだ？』

色が変わるのが止まったからか、エセルバードさんがたぶん、フィルにそろそろ手を離していいって言おうとしたんだと思うんだけど、そのときでした。

フィルはまだ手を離していないのに、今まで光っていた三種類の色が消えました。

みんなが不思議な顔をして魔力判定石を見ていると、また石が光りはじめました。しかもさっきまでの色と違う色にです。薄い青色に、黄色でしょう、それから黒に。それがまた少し経ったら消えました。

そして、また変化があります。今度は濃い緑に薄い緑、それから……もうねえ、色々な色に光りはじめたんです。みんな何も言えないまま、その光景を見ています。フィルとアリスターは『綺麗《きれい》、すごい』って喜んでるけど……

そんな感じで少しの間、魔力判定石は色々な色に光り続けて、最終的に虹色《にじいろ》になりました。

虹色《にじいろ》？　どんな魔法？

『あ〜、フィル。手を離していいぞ。うん』

エセルバードさんに言われて手を離したフィルは、僕のところに走ってきてしっぽをぶんぶん振ります。虹色《にじいろ》がとっても嬉しかったみたい。

『カナデ、きれいないろだったなの！　ひかったからまほう、つかえるなの!!』

「う、うん。しょ、まほちゅかえりゅね！　えせぱぱ、にじいりょ、どにゃまほ？」

『うん、それについては、カナデの魔法を見てからにしよう。その方がいい気がする』

エセルバードさんはそう言いました。あっ、そうそう、エセルバードさんを呼ぶときはエセパパって呼ぶことになりました。それから、アビアンナさんはアビママに。アリスターママを僕が言いにくくしてたら、それでいいって。

僕の魔法の確認が先って言われたから、ちょっと不思議に思いながらも、僕はソファーを下りて魔法判定石の前に立ちます。そしてみんなと同じく、そっと石を触りました。

すぐに石は光りました。薄い青色に茶色に濃い緑色。良かった！　僕も最低三つ魔法が使えるみたい。

三つも使えるなんて嬉しいなあ。そう思いつつ、光が止まったので手を離そうとしました。でもそのときです。すうと、さっきのフィルのときのように色が消えました。そして今度は赤色、濃い青色、黄色と光って……その後はフィルと同じでした。色々な色に光ってから、最終的に虹色《にじいろ》に光ります。魔力判定石から手を離した僕に、フィルがさっきよりもしっぽをブンブン振って寄ってきて、すりすりします。

『カナデ、いっしょなの！　うれしいねえなのぉ!!』

「うん！　いちょ!!　ぼくもうれち!!」

フィルと同じ魔法が使えるなんて、本当に嬉しいよ！　さて、虹色《にじいろ》はどんな魔法なのかな？　すぐにエセルバードさんに聞こうと、彼らの方を見たら……エセルバードさんは頭を押さえていて、アビアンナさんは苦笑い、グッドフォローさんはニヤニヤしていました。セバスチャンさんとマーゴさんは、いつも通りのニコニコ顔で、ストライドさんはいつものスンとした仕事中の顔、アリアナさんはとっても驚いた顔をしていました。みんな反応が違います。それってどういうこと？

最初に口を開いたのは、エセルバードさんでした。

『あ〜、そうだよな。こういう結果になるよな。神の愛し子に、その契約魔獣のフェンリルだ』

「えちょ、ぼくとふぃりゅのまほ、どんにゃまほ？」

『カナデとフィルの魔法は、全属性よ。全部の魔法が使えるってことよ』

アビアンナさんが言いました。

全部？　確かに色々光ってたけど……え？　全部？

『ぜんぶ？　ぜんぶなになの？』

『二人は、色々な魔法が使えるってことよ』

『わあ！　いろいろ、いっぱいなの？』

『ええ、そうよ』

『いっぱいまほう、うれしいなの！　カナデ、うれしいねえなのぉ！』

「う、うん、うれちいね！」

それから、頭をかかえたままのエセルバードさんに代わって、グッドフォローさんが属性について教えてくれました。赤は火、濃い青は水、薄い青色は氷、濃い緑は風で薄い緑は回復、茶色は土魔法で、黄色は光、黒色が闇でした。

それが基本の属性です。そこからそれぞれの魔法を組み合わせて、別の魔法を作れるとのこと。例えば、土と水の魔法を使って泥の魔法を作るとか。あとは、火の魔法に風を合わせて威力を上げるとかね。

そして、僕たちは全部の魔法が使えるんだって。まさかの全属性。嬉しいような、困るような、でもやっぱり嬉しい!! フィルと一緒にバンザイをします。それからアリスターも一緒になって、肩を組んでいつものポーズです。

『ほら、あなたたち、まだお話の途中よ。ソファーに座りましょうね。それにあなた、そろそろしっかりして。話が進まないわ』

『あ、ああ、そうだな、アビアンナ。はあ、それにしても初めて見たな』

『そうだね、僕も初めて見たよ。いやあ、いいものを見せてもらったね。でもこれで、明日は何も心配しないで、カナデたちは魔法が使えそうだね』

え？ グッドフォローさん、なんのことだっけ？

うん、魔法が使えるってことと、しかも全属性使えるってことに興奮して、自分たちの状況を忘れていました。属性を調べたのは、体の中に溜《た》まっちゃった魔力を出すためです。

僕たちが静かになると、その後は明日の話になりました。明日は朝から里から出て、ちょっと行った、魔法の練習や、武器を使った訓練をするところで魔法を使うそうです。とっても広くて、しかも簡単には壊れない場所みたい。

壊れないって何かなと思ったら、魔法を習いたてのときは、魔法が暴走するときがあるということだったけど、もしそれが里の中なら、建物が壊れたり、ドラゴンたちに被害がでたりするんだとか。

でもその場所は、魔法が暴発しても大丈夫なようにしてあるんだって。

他にもね、エセルバードさんたちは、ここで定期的にドラゴン騎士たちや、ドラゴン魔法師たちを集めて訓練をします。いくら強いドラゴンたちでも訓練は大切だよね。そのときにも広い場所は必要です。だって、ドラゴンの姿のまま訓練するとなると、狭い場所じゃ何もできません。

それに、僕は『神の愛し子』とかいうやつだし、二人とも全属性です。しかもステータスボードでは魔力量が分からなかったから、エセルバードさんたちでも、どのくらいの魔法を僕たちが放つか分かりません。暴発したときの被害の規模もね。

『さて、どんな魔法でも使えることは分かったが、カナデたちは何かやってみたい魔法はあるか？』

『まほう、どんなのあるなの？』

『そうだな。軽く見せよう』

エセルバードさんたちが順番に魔法を見せてくれました。火の魔法は、手のひらに小さな火の玉を出して、それをクルクル回すなど。風の魔法はストライドさんが用意してくれた板に、風の刃みたいなものを出して、シュシュシュッと当てるとか。他にも色々見せてもらいました。

その結果、僕は水魔法にしました。アビアンナさんのを見たとき、消防士さんがホースから水をシュパパパッってすごい勢いで出すのを思い出して、カッコいいなあと思ったからです。

僕なら、今見せてもらったものの三倍の威力になるんじゃないかって話でした。楽しみだなあ。

フィルはちょっと難しい泥の魔法を選びました。一匹だとできないだろうけど、今回は手伝ってもらえるからね。泥が壁に当たったときの、べチャッとした感じが気に入ったみたい。

『よし、じゃあ決まりだな。水魔法はグッドフォローが得意だからな、頼めるか？　フィルはアビアンナが』

『了解。よろしくね、カナデ』

『分かったわ。フィル、ド～ンッと魔法を使うわよ』

「あちた、たのちみ！」

『びゅうって、とばすなの!!』

僕たちの体に溜《た》まっちゃった魔力は、明日くらいまでなら体に影響を及ぼさないので、今日は何もしないで、このまま寝て大丈夫だそうです。そして、明日は朝ご飯が終わったら、すぐに広場に移動することになりました。

広場は僕たちがゆっくり使えるように、明日は関係者以外立入禁止にしてくれました。僕たちの魔力が溜《た》まったことに気づいて、すぐに場所を確保してくれたんです。

そうと決まれば、話し合いもちょっと長引いていたし、今日はもう寝ることにします。みんなにおやすみなさいをして、アリスターと一緒に部屋を出ると、それぞれの部屋の前でまた明日ねって、もう一回お休みなさいをしてから部屋に入りました。

アリアナさんにパジャマを着せてもらって、歯磨きとトイレ、色々準備したら、ベッドに潜り込みます。

『明日は初めての魔法ですね、しっかり魔法が使えるように、今日はハーブを用意したんですよ。いいにおいでぐっすり眠れるんです』

アリアナさんが優しく言います。

「しょれ、けしゃお、じゃな？」

だってケサオって、部屋をいいにおいにするためにも使うって聞いたから。部屋に置く場合とかは、あんまり強いにおいにはしないみたいだけど、でもまだちょっとあのにおいは……

『ふふ、大丈夫ですよ。今日は今言いました通りハーブで、お酒の作用はありませんよ。こちらです』

アリアナさんが、手のひらサイズの、可愛《かわい》い布袋を出しました。そうしたら、フワッといい香りがします。ラベンダーみたいな香りです。うん、これなら嗅《か》いだことのあるにおいだし大丈夫そう。

『枕元に置きますからね。では、ゆっくりお休みください』

「おやしゅみなちゃい」

『おやすみなさいなの』

『おやすみなさいませ』

アリアナさんが明かりを暗くして、部屋から出ていきました。相変わらず、大きな大きな部屋に、僕たちのベッドはポツンとあります。

昨日は初日ということもあり、しかも大きさにビックリしたこともあり、あんまり気になりませんでした。でも今日は、その大きさが気になってしまいます。

それは僕だけじゃありませんでした。フィルが起きてきて、スースーしてるって言いました。そう、本当にがらんとしていて、スースーしている感じです。

『なんかポツンとしてるなの。スースーもきになるなの。カナデ、もっとくっついてねるなの』

「うん、くっちゅいてねよ」

毛布にくるまって、二人でギュッとくっついて寝ます。僕たちは今、エセルバードさんのお屋敷に居候《いそうろう》させてもらっていて、こんなに素敵で大きな部屋を貸してもらっているのに。

魔法が終わったら、部屋にもう少し何か用意してもいいかって、ちょっとお願いしてみようかな？　フィルが遊べるようなものとか、僕の練習用の道具とか。

いや、この小さい体はどうにも動きづらくて、少しは慣れてきたものの、もっと動けるように練習したいんです。だから、アスレチックみたいなものがあったらいいかなあって思います。

あとは、フィルに乗るために、まずはフィルくらいの大きさのぬいぐるみを用意してもらって、それに乗る練習をしてみようかなと。

僕は生き物に乗るのがこの前フィルに乗ったときが初めてで、かなり強い力でフィルのこと掴《つか》んでしまいました。あれじゃあフィルも、毛を引っ張られて痛かったはずなのに、何も言わないんだもん。だから、少しでもフィルの負担にならないように練習したいんです。

と、そんなことを考えていたら、アリアナさんが用意してくれた、いいにおいのハーブで心が落ち着いたのか、いつの間にか眠っていました。

6. 練習場へ移動、そして最初の準備

次の日、朝バッチリ目が覚めました。体の中は相変わらず溜《た》まった魔力でポカポカしているものの、とっても元気です。

不思議なことに、僕たちが起きると、マーゴさんとアリアナさんがタイミングよく部屋に来てくれました。昨日もそうだったけど、僕たちが起きるのが分かるのかな？

あと、僕たちが遊んでいるときに、お願いしたいこと、聞きたいことがあって、ベルを鳴らそうとするときも、鳴らす前に必ず誰かが来てくれます。気配で分かるのかなあ。本当に不思議です。

そして、朝の支度を終えて部屋から出ると、これまたタイミングよく部屋から出てきたアリス

ターに朝の挨拶《あいさつ》をして一緒に食堂に向かいます。食堂には、もうエセルバードさんたちがいました。グッドフォローさんも昨日お泊まりしたから一緒です。

「おはよごじゃましゅ」

『おはようなのぉ!!』

『おはようございます！』

みんなで挨拶《あいさつ》をしたら、今日も朝から美味《おい》しいご飯をいただきます。今日の朝ご飯はクロワッサン風のパンに、自分で好きな食材を挟んで食べました。色々な種類のハムに野菜、朝からだけど生クリームもあります。一つはフルーツサンドにして食べました。

それから、僕の顔よりも大きな目玉焼きを、フィルと分けて食べました。三分の一が僕で、残りがフィルね。エセルバードさんたちは、僕の顔の三倍はある目玉焼きを食べていました。あんなに大きな目玉焼き初めて見ます。

僕が驚いていたら、セバスチャンさんが卵を見せてくれました。なんと僕の体の半分くらいの、とってもとっても大きな卵でした。

ヘビの卵だって。ヘビ？　ん？　魔法が終わって帰ってきたら、図鑑か何か見せてもらおうかな。どれだけ大きなヘビなんだろう？

さて、ご飯を食べ終わったら、いよいよ練習場へ移動です。僕はエセルバードさんに抱っこしてもらいます。フィルは走りたいみたいで、そのまま走ってついてくることになりました。

そして、いざ移動を始めたら……なんかフィル、走るの速くなってない？　しかも前回の走りよりも、曲がるときにシュンッと、キレ良く曲がっているような？

『もっとからだがなれたなの!!』

『フィルはもっともっと速く走れるようになるぞ。大人になればさらにだ』

エセルバードさんが言いました。

『わあ！　もっとはやくなるなの！　うれしいなの!!』

……いいなあ、フィル。僕なんて、走るところまでもいってないよ。やっぱりここは、昨日の夜に考えていた自分改造計画を、しっかり実行しないとダメかもね。

練習場にはすぐに着きました。すぐ……エセルバードさんたちが本気を出さずに、ゆっくり移動して十分くらい。もし人間だったら、三十分くらいかかる場所に、練習場はありました。

練習場に行くときに、ちょっと森の上を飛んでもらったところ、見渡す限り森でした。森以外何も見えなくて。

ここはドラゴンの森で、人はどこに住んでいるのか聞いたら、アリスターの言っていた通り、かなり遠い場所に住んでいるようです。人間が歩くと二十日くらいって聞いていたけど、今の場所からだと、森の出口も見えないんだとか。どれだけ広いの、このドラゴンの森。

練習場についたら、まずは準備からです。練習場の周りに結界を張りました。続いて、近くにドラゴンはいないか、他の友好的な魔獣たちはいないか、それから森に来ているかもしれないエルフや獣人たちはいないか、そういうのを確認します。

結界は、もしものときのための保険です。里とは反対方向、そして他の里がない方へ。たぶん大丈夫だろうけど、僕たちの場合は何が起きるか分からないからって。

『魔法を放つ方角に何かあっても、いるのは最近ここの森に入ってこようとしてる盗賊《とうぞく》だけだから、問題ないしね』

『おい、グッドフォロー！　聞こえるだろう！』

『ごめんごめん、エセルバード。でも盗賊《とうぞく》だったら問題ないだろう？　どうせ明日にでもやりに行くつもりだったんだから』

『まあな。バカな盗賊《とうぞく》どもめ。我らの森に侵入するなど。あげく魔獣の密売までしようとは。明日はお前も付き合え』

『君が行くだけでいいだろう？』

『捕まえた後に回復させて、また……な。我らに手を出そうとしたこと、後悔させてからいかせてやる』

『ああ、そういうこと。分かったよ』

練習場に着いてから三十分後に、ようやく準備が整いました。エセルバードさん、僕とグッドフォローさん。そしてアビアンナさんとフィルが前に出ます。アリスターやセバスチャンさんたちは後ろで待機です。

『よし、始めるぞ。まずカナデたちの体がポカポカしているだろうが、これが魔力だというのは分かっているな』

エセルバードさんが言いました。

「あい！」

『わかるなの!!』

『よし、じゃあ次だ。カナデたちにやってもらいたいことがある。魔力を体の中心に集めるように意識してほしいんだ。そうだな、胸のところにポカポカを集める感じだ。分かるか？』

「あちゅめる！」

『おむねにあつめる？』

『そうよ。今は身体中がポカポカしているでしょう。それを胸のところに集まれえって考えるの。そうすると、だんだんポカポカが集まってくるわ。とりあえずやってみましょう』

『かんがえる？　やってみるなの！　ポカポカまりょく、あつまれなの！』

アビアンナさんに言われて、フィルに続いて僕も、魔力が胸のところに集まるように考えます。

魔力集まれ、胸のところに集まれ。でもなかなか上手くできません。途中で心配になってしまいます。それでも諦《あきら》めずに何回も挑戦していたら、変化は急に起こりました。

足先のポカポカが上に上がってきた感じがしました。そうしたら、エセルバードさんには魔力の流れが分かったみたいで、その調子だって言ってくれました。エセルバードさんたちはそんなことも分かるようです。

僕の魔力が集まりはじめてすぐ、フィルの魔力も集まりはじめました。フィルがちょっとビックリしながら、もっと集まれって興奮しはじめたので、アビアンナさんが一生懸命フィルのことを押さえています。

よし、この調子で頑張《がんば》るぞ!!

魔力が胸のあたりに集まりはじめて数分後、もう胸以外のところには、ポカポカはないと思います。

「も、ポカポカにゃい。むにぇのところだけ」

『ボクもなの!!』

『そうだな! 二人とも良くできたぞ!! 初めてでこんなに早く魔力を集められるなんて、すごいじゃないか!!』

エセルバードさんが褒《ほ》めてくれます。

『ボクすごい？　カナデすごいなの？』

『ああ、すごいぞ!!』

『えへへへ、カナデ、ボクたちすごい、うれしいねえなの』

「うん!!」

良かった、しっかり魔力を集められたみたい。これで、次の作業です。今度は僕たちじゃなくて、アビアンナさんとグッドフォローさんの番です。

自分たちの魔力を僕たちの魔力に合わせるんだって。そうしないと、僕たちと一緒に魔法を使えないそうです。

それと、もう一つ理由があります。僕たちはまだ魔法を一回も使っていません。いくら水魔法を放つ、泥の魔法を放つと考えても、そう簡単に魔力をその属性に変えることはできません。そこで、アビアンナさんたちの魔力と合わさることで、彼らに属性を変えてもらいます。

魔法の杖は見当たらないし、呪文も必要ないのかな？　グッドフォローさんが治癒《ちゆ》魔法を使ったときや、エセルバードさんのときも、何も言っていませんでした。

まあ、呪文がない方が楽だよね。今回は別として、僕がもう少し大きくなったら、もっとすごい、カッコいい魔法を使ってみたいな。

……なんて、このときは考えていたんだけど、それは間違っていました。というか、ここにいる大人ドラゴンたちの考えも間違っていました。でもそれが分かるのは、魔法を放ったときです。

僕の肩にグッドフォローさんが手を置きます。

『いいかい。僕の魔力がカナデの中に入ると、今集まっている魔力が、もう少し温かくなる。だけど何も心配はないからね、そのままじっとしているんだよ』

『フィルもよ。温かくなっても、ジャンプしちゃダメよ』

アビアンナさんがフィルに言いました。

『わかったなのぉ！』

フィル、ちゃんと分かってる？　そんな話をしているうちに、胸のポカポカがさらに温かくなって、ちょっとあったかいお風呂くらいになりました。ただ、慌《あわ》てるほどは熱くならなくて良かったです。フィルもちゃんと大人しくしています。

でも、何かがあったのは、アビアンナさんたちの方だったみたいです。

『これは……!!　僕の魔力が持っていかれる！　アビアンナ、君はどうだい？』

『私もよ。これは思っていたよりも、魔力コントロールが難しいかもしれないわね。もっと私たちの魔力をそそがないと。フィル、少し静かにしていてね。本当はすぐに魔法が使えると思ったのだけど、もう少し時間がかかりそうなの。いいかしら』

『わかったなの！　しずかにしてるなの！』

ます。


『カナデも、もう少しだけ待っていてくれ』

「まりょく、いぱい？　ちゃいへん？　だいじょぶ？」

『ああ、大丈夫だよ。少し時間が延びるだけだからね』

そう言ってグッドフォローさんは黙ってしまいました。アビアンナさんも目を閉じて集中していきます。


それから十分くらい経ちました。魔力が温かくなってからは、それ以上に温かくなることはなく、僕もフィルも大人しく待っています。ただ、フィルは、待ってるのが暇だったみたいで、前脚で地面にお絵描きしていました。丸とか四角とか模様だらけです。


『あら、随分上手に描けているわね』

『お待たせ、準備はバッチリだよ』

アビアンナさんとグッドフォローさんの準備が終わったみたいです。念のため、そばにいたエセルバードさんが、僕たちの魔力を確認します。しっかりと魔力が混ざっているのを確認したら、エセルバードさんもアリスターたちの方へ移動しました。


さあいよいよ、魔法を放ちます。

『いいかい。さっき見た水魔法を思い浮かべるんだよ。それで、僕が放てって言ったら、その思い浮かべた水を、前に向かって放つんだ』

『フィルもよ。昨日見た泥の魔法を覚えている？』

アビアンナさんもフィルに言いました。

『うん！』

『そのことを思い出して。それで、私が放ってって言ったら、その思い出した泥の魔法が、飛んでいくように考えて』

「みじゅ、ちょんでけ？」

『ああ、そうだよ。水飛んでいけだ』

『フィルは、どろ、とんでけ！　なの？』

『ええ、それであっているわ』

『さあ、二人とも、魔法を使うよ!!　魔法を考えるんだ！』

僕は目を閉じて、昨日、エセルバードさんたちが見せてくれた、水魔法を思い出します。シュババババッって、放水みたいに水が飛んでいって、とってもカッコ良かった。僕なら、その三倍くらいの勢いになるって言ってたよね。うわあ、楽しみ!!

『そろそろいいか。アビアンナ、君の方は？』

『こっちもOKよ、グッドフォロー！』

『よし、カナデ、魔法を放て！』

『フィル、魔法を放って!!』

僕は目を開けます。そして心の中で、勢いよく水飛んでいけって思いました。

その途端、僕の前に大きな大きな、ゾウくらいの水の塊《かたまり》が現れます。フィルの方には同じくらいの泥の塊《かたまり》がありました。そして――

シュドドドドドッ!!

僕の水の塊《かたまり》からも、フィルの土の塊《かたまり》からも、その塊《かたまり》の幅のまま、勢いよく水と泥が放たれました。放たれた？　僕はその衝撃に吹き飛ばされそうになったところ、グッドフォローさんが慌《あわ》てて支えてくれました。フィルもアビアンナさんがしっかりと支えてくれています。

魔法は、僕が考えていた消防車の放水なんて比較にならないくらいに激しくて、ビックリを通り越して唖然《あぜん》としてしまいました。おまけに、地響きと暴風まで巻き起こしています。

数十秒後、魔法が収まり、視界がはっきりします。すると、結界に大きな大きな穴が二つ開いていました。そして、さっきまではなかった道ができています。道……？

みんな、穴と道を見たまま動きません。動かないし誰も話しません。いつもはなんでも喜ぶフィルとアリスターも静かなままです。え～と、これは？　魔法、成功したんだよね？

魔法が終わった今、僕は胸に集めたポカポカの魔力を、まったく感じませんでした。これって、ちゃんと魔力が外に放出されたってこと？

『まほうなの？』

数分後、最初に声を出したのはフィルでした。そして、それに答えたのがアリスターです。

『うん、今の魔法だよ』

『ちゃんとまほう、できたなの？』

『うん、ちゃんと魔法できたよ。初めて見る、とう様以外の大きな魔法だった。とってもすごい魔法だったよ』

『まほう、できたなの。ちゃんとできたなの』

『ちゃんとできたねえ、フィルやったねえ』

『すごいなの!!』

『すごいすごい!!』

フィルたちが走りはじめたのと同時に、みんなが現実に戻ってきました。

『待て待て待て！　セバス！　この魔法の跡、どれだけ続いているか分からないが、メイリースを連れてきてくれ！』

エセルバードさんが指示を出します。

『はっ!!』

『グッドフォロー、ストライド、お前たちは俺についてきてくれ。森の様子を確認しに行かないと。

アビアンナ、君はカナデたちを屋敷に送ったら私たちに合流を！』

『はあ……これは。まさか予想以上のことが起こるかもしれないと、かなり厳重に結界を張ったんだけどね』

グッドフォローさんがため息をつきました。

『分かったわ。すぐに追いつくわね』

アビアンナさんに連れられて、僕たちはすぐにお屋敷に戻りました。戻るときに、心配になった僕は、僕たちが良くないことしちゃったのか、アビアンナさんに聞きました。

『大丈夫よ。ただちょっと、私たちが考えていたよりも、魔法が強かっただけだから。森に道ができたのも問題ないわ。あの人よりぜんぜんいいわよ。エセルバードは初めての魔法のとき、家を五軒も壊したんだから』

え？　あの大きな大きな建物を五軒？

『だから気にしないで。でも、森を直さないといけないから、私はみんなを送ったら手伝いに行くわ。みんなは屋敷で遊んでいて』

あの魔法でできちゃった道だけでなく、木や花、草、自然のものを魔法で生やせるドラゴンがいて、直してもらうから大丈夫だって。しかも、すぐに直っちゃうみたい。

『エセルバードのときは、家を建て直すのに、半年もかかったんだから。カナデたちの魔法の跡は問題ないわ』

あの大きな建物を半年で直すのもすごいね……ふう、良かった。とんでもないことしちゃったかもって、本当に不安でした。

アビアンナさんは僕たちをお屋敷に送った後、言っていた通りすぐに戻っていきました。僕たちはそのままアリスターの遊び部屋に行きます。そこに、アリアナさんが飲み物を運んできてくれました。

ホットミルクみたいな飲み物を飲みながら、僕たちは魔法の話で大盛り上がりです。だって、初めての魔法が、あんなにすごかったなんて。もちろん、エセルバードさんたちが戻ってきたら、森を壊しちゃってごめんなさいって謝るけど、やっぱり初めての魔法は嬉しいんです。

フィルは魔法が出たときのことを再現しました。まずは魔法を考える仕草をして、その後『どろとんでけなの!!』って叫《さけ》ぶと、そのまま部屋の中をまっすぐ勢いよく走って、壁にぶつかって止まります。

そして、僕たちのところに戻ってくると、今度はアリスターも一緒に、また魔法の真似《まね》をしました。本当にすごかったよねえ。

『ねえねえカナデ、カナデもいっしょにやるなの!!』

『そうだよ、一緒にやろう!!　飛ぶときは僕が飛んであげるから』

いやいや、一緒に真似《まね》するのはいいけど、飛ばなくていいよ。自分で走るから。

僕はフィルの隣に並んで、一緒に魔法の真似《まね》をします。そんな風に僕たちが遊んでいる間、僕たちのせいで、ある出来事が解決していたことを、このときの僕は知りませんでした。

＊

「な、なんだ今のは……」

「今のはドラゴンの攻撃？」

「だが、どこにもドラゴンはいないぞ。それなのにどこから」

「まずいぞ!!」

「今度はなんだ!!」

「頭《かしら》がもう一つの方の魔法でやられた！　洞窟《どうくつ》ごと、全部が完全に吹き飛んだ！」

「…………」

「やっぱりだ。こんなことは間違っていたんだ。ドラゴンの森へ魔獣を捕まえに来るなんて……」

「そうだ。この魔法が通ってきた跡、あまりに距離が長すぎて、魔法がどこから放たれたのか、まったく分からない。こんなすごい魔法を使うのは、やつしかいないだろう」

「俺は逃げるぞ！　死にたくない！」

「俺もだ!!」

『……おい』

「ひっ!!」

『どこへ行くつもりだ？』

＊

『はあ、まさかここまでとは。私たちの考えは甘すぎたか？』

私──エセルバードがつぶやくと、グッドフォローが口を開いた。

『いや、そんなことはないと思うよ。想定外のことを考えて、あれだけ準備したんだ。ただ、その想定外をも超えちゃっただけのことだよ』

『だけ……だけか？』

『そうだよ。まあ、僕たちも、しっかりと「神の愛し子」について、知っているわけじゃないからね。そのときそのときで対処するしかないよ』

『フィルは喜んでいたが、カナデは心配そうにしていたな』

『あれだけの魔法を見ればね。それと、カナデは自分がどんな存在か分かっていない。じぶんがどれだけ世界に影響を与える存在か。まだあんなに小さい子供だからね。でも、変にしっかりしてる部分もあるし、今回も魔法で被害が出たことで心配したんだろう』

『道ができたからな。しかも二本も』

『はは、そうだね……誰かがしっかりとカナデたちを導いてあげないと。それと、自分たちの存在をしっかりと理解して、自分たちに向けられる悪意から、きちんと逃げることができるようにしてあげないとね』

『ああ、そうだな、グッドフォロー。そしてそれには、私たちだけでは無理な部分も出てくる。やはり、やつと連絡を取らなければならないか……』

『あのときから会ってないんだっけ？　まったく、どっちもどっちなんだから。さっさとお互いに謝ればいいのに。大体、揉《も》めた理由がくだらないんだから』

『くだらないものか、あれはやつが』

『はいはい。それはそっちで勝手に解決してよ。ただ、なるべく早い方がいいと思うけどね。おっ、見えてきた。あ～、これは完璧じゃない？　こっちに関しては、仕事が早く解決しそうだね』

私たちの前に見えてきたのは、大きな洞窟《どうくつ》〝だった〟ものだ。

昨晩、カナデとフィルの使用できる魔法属性を調べる前から、私はカナデたちはかなりの属性を使えるだろうと思っていた。

『神の愛し子』であるカナデ。以前の『神の愛し子』は、最初こそ全ての魔法を使えるわけではなかったが、成長するにつれ、全ての属性の魔法を使えるようになった。

その事実から、私はカナデもいつかはそうなるだろうと考えていた。ただ今の段階では、全てではないとも。

だが、そうではなかった。最初に四属性が光ったときもさすがだと感じたが、まさか最初から、全属性の適性を示すとは思わなかった。

フィルもそうだ。今まで出会ったフェンリルとは違う。元々フェンリルはかなり力を持っている。それが『神の愛し子』のカナデと契約していることで、力が倍増されているのではと考えていた。

もちろん、ステータスでそれを確認することはできなかった。ただ、二人のステータスがほとんど表示されていなかったのは、神がその力をなるべく隠しておきたいからだろう。フィルとアリスターは『神様が間違えた。ダメダメ神様』と言っていたが。

私たちは昨日、カナデたちが寝たあとで今日のことを話し合っている。そのとき、カナデたちがどんな魔法を使っても、他にもなるべく被害が出ないように、できる限りのことをしようと決めた。

カナデたちの体に溜《た》まってしまった魔力を放出するためには、魔法が一番。それが分かった時点で、今日の練習場の使用と、周りへの立ち入りを禁止した。

さらに、属性を見た後の話し合いで、張ろうとしていた結界よりも、しっかりとした結界に変えることを決めた。最初は私だけでも大丈夫と思っていたのだが、あの虹色《にじいろ》を見てしまったからな。

そこでアビアンナ、グッドフォロー、それに加えて、セバス、ストライド、マーゴにも結界を張ってもらうことにした。この人数分の結界を重ねれば、問題はないはずだった。大体、里に張っている結界でさえ、ここまで強力なものではない。

それだけ強い結界のはずだった。なのに、カナデたちが魔法を使うと、結界には完全に穴が開き、魔法の跡がどこまでも続く、道のようになってしまった。

なんだあの魔法の威力は？　私の魔法よりも規模こそ小さかったが、威力が違いすぎる。もしあの魔法が私たちに当たっていたら？　よく無事だったな……

グッドフォローが、準備している最中に言った通り、魔法を放つ方向を、〝こちら〟にしておいて正解だった。

つまり、人間と獣人の盗賊《とうぞく》たちがいる洞窟《どうくつ》の方向だ。

カナデたちの魔法で何かあっても、盗賊《とうぞく》なら別に問題はない。また、怪我《けが》をして動けなくなったのなら、捕まえるのも楽になる——それくらいに思っていたのだが。

この魔法の威力ではな……盗賊《とうぞく》たちが拠点としていた洞窟《どうくつ》は二つ。一つは完全になくなり、もう一つは、半分を残して消えていた……生きている者はいるのか？

『いやあ、それにしても綺麗《きれい》に消えているね。それなのに、僕たちが確認できている範囲では、この森で暮らしている厄介な魔獣以外は、消えた感じがしない。昨日、なるべくこの直線上には近づかないように、みんなに伝えておいたけど、それでもね』

『ああ、それは安心した。さて、この感じ、半分くらいは残っているみたいだな』

『ふん、運がいいのか悪いのか。これからのことを考えると、消えておいた方が良かったかもね』

盗賊《とうぞく》たちが半分残っている洞窟《どうくつ》の方へ近づく。すると、話し声が聞こえてきた。

「やっぱりだ。こんなことは間違っていたんだ。ドラゴンの森へ魔獣を捕まえに来るなんて……」

「そうだ。この魔法が通ってきた跡、あまりに距離が長すぎて、魔法がどこから放たれたのか、まったく分からない。こんなすごい魔法を使うのは、やつしかいないだろう」

「俺は逃げるぞ！　死にたくない！」

「俺もだ!!」

盗賊《とうぞく》たちは、そう言って逃げようとする。逃げられると思っているのか？

『……おい』

俺は彼らに声をかけた。

「ひっ!!」

『どこへ行くつもりだ？』

7. 誰よりも強いお婆ちゃん

お昼ご飯のちょっと前に、エセルバードさんたちは帰ってきました。一緒に人型のお婆さんもいました。そして、エセルバードさんは一人で僕――カナデとフィルをお屋敷の屋根まで連れていってくれました。

『あっちを見てみろ』

エセルバードさんに言われた方を見ます。でもそこには森が広がっているだけでした。

『あそこの広場が見えるか？　あそこは午前中、魔法を使った練習場だ。それで向こうがカナデたちの魔法で、少し壊れちゃった森だな。どうだ？　もうすっかり道はなくなっているだろう？』

え？　あそこが僕たちが魔法で作っちゃった道があった場所？　じっと見るけど、道なんてもうどこにもありませんでした。しかも、木も小さいやつじゃなくて、最初からそこに生えていたみたいに、大きな木がちゃんと立っています。

「おっきき、はえちぇる」

『どこにもみち、ないなの』

『そう、元の通り、綺麗《きれい》に直したからな。どうだ、安心したか』

僕はウンウンうなずきます。こんなに早く森が直るなんて。あんなに大きな道を、二つも作っちゃったのに。しかも、僕たちから見えていた以上に、長い長い道だったはず。それなのに、一日どころか、お昼ご飯前までに直しちゃうなんて、びっくりです。

「あにょ、まほ、ごめんしゃい。なおちてくりぇて、ありがちょ」

『はは、いいんだいいんだ。小さい頃は誰でも失敗するからな。それと、お礼なら彼女に』

誰と思いながらお屋敷の客室に行くと、さっきエセルバードさんたちと一緒にいたお婆さんがいました。

『彼女の名前はメイリース。特別な魔法が使えてね。彼女があの道を全部、森に戻してくれたんだ』

ええ!! このお婆さん、メイリースさんが森を直してくれたの! わわ!! ちゃんとお礼を言わなくちゃ! あんなに大きな道、お婆さん一人じゃ大変だったでしょう?

僕はフィルを連れてお婆さんの前に行き、まずは自己紹介からしました。その後は魔法で道を作っちゃったことを謝って、そして最後に二人揃ってありがとうをします。

『はいはい、どういたしまして。元気な魔法を使えたみたいね。大丈夫、あれくらいなら私はすぐに直せるから、これからも怖がらず、しっかり魔法のお勉強をするんですよ。頑張《がんば》りなさい』

良かった。メイリースさんは、怒ってませんでした。ずっとニコニコです。

僕たちが今回、魔法を使ったのは、体に魔力が溜《た》まっちゃったせいで、特別なことでした。これからは、どうなるのかな？　もし小さい僕でも練習できるなら、頑張《がんば》って練習するんだけど。

『そうそう。でもね、もっと大きくなって、学校に通うようになったら、あまり失敗は良くないわ。エセルバードなんて、何回も森を焼いちゃって』

『メイリース、その話は』

何々、なんの話？　エセルバードさんが森を焼いた？

『私はね、この子の、エセルバードの先生だったの。この子ったら……』

『先生！　食事の用意ができているようなので、移動しましょう!!』

エセルバードさんがメイリースさんの話を遮《さえぎ》ります。そして、僕をヒョイと抱っこして、ドアの方へ手を差し出しました。

『あらあら、まったく。じゃあ、移動しましょうかね』

メイリースさんがソファーから立ち上がって、ゆっくり歩きはじめます。ああ、もう。話を聞きたかったのに。ほら、フィルとアリスターも、『何のお話？』って、メイリースさんにくっついて歩いています。

まさか、メイリースさんがエセルバードさんの先生だったなんて。そういえば、魔法を使って帰ってくるときにアビアンナさんが、エセルバードさんは最初の魔法のときに街を壊したって言っていました。

もしかして、今はこのドラゴンの森で一番強いドラゴンでも、エセルバードさんは魔法を練習していたとき、色々とやらかしてたんじゃ？

わあ、もうちょっと話を聞きたい。その中で、僕がエセルバードさんみたいに失敗しないように色々とヒントを貰《もら》えないかな？　エセルバードさんはメイリースさんに、自分の話はしてほしくないみたいだけど。

まあ、自分の失敗は知られたくないよね。特にアリスターには。アリスターにとっては、カッコいい自慢のお父さんだもん。でもそのアリスターは……

『おばあちゃん、とう様、いっぱい失敗したの？　さっきね、かあ様に聞いたんだ。街を壊しちゃったって』

『アビアンナ!?　あの話をしたのか!?』

『カナデが心配そうにしていたから、安心させようと思って。いいじゃない、本当のことなんだから。あなたが魔法の扱いが下手だったのは』

『いや、それはそうかもしれないが、父親の威厳というものがだな』

『あのね、おばあちゃん、とう様はこの前も、お家のお庭に穴を開けそうになったんだよ。それで、その前にも開けそうになったの。学校のときもそうだった？』

『アリスター!!』

『あらあら、あなたはまだそんなことを？　まったく、しっかり魔法をコントロールしなさいと、あれだけ言っていたでしょう』

『い、いや、それには訳がありまして』

慌《あわ》てるエセルバードさんを見て、グッドフォローさんがくすくす笑いました。でも――

『グッドフォロー、あなたもですよ。この前飲み屋でやらかしましたね。知っていますよ』

メイリースさんに言われてしまいました。

『あ……』

『まったくあなたたちときたら、昔から何も変わっていないのだから。大体……』

それから食堂に着くまで、そして食事が終わって、リラックスルームに行ってからも、メイリースさんの、エセルバードさんとグッドフォローさんへのお説教は続きました。二人はぐったりしています。途中で可哀想になってしまいました。

帰り際、お婆さんが、二人の若い頃の話をまた今度聞かせてくれるって言いました。チラッと横を見れば、無の表情のエセルバードさんたち。うん、明日はいいことがあるといいね。そして、僕は話を聞くのが楽しみです。

確かにエセルバードさんは森で一番強くて、グッドフォローさんもすごいドラゴンだけど、一番すごいドラゴンはメイリースさんかもね。メイリースさんは、最強お婆ちゃんでした。

＊

とある都市――

「それでどうだ。その後の森の様子は」

「先日、ドラゴンの森で爆発的なエネルギーを感じて以来何も。いつも通りの森との報告です」

「そうか……しかし、あのイレイサーが慌《あわ》てるくらいだからな。何もない、ということはないだろう。だが、それならば、やつが動かないはずはない。まさか、やつが気づかないなんてことは」

「それはないでしょう。彼はあの森の頂点の男。そんな男が、私でもなんとなく気づいたほどのエネルギーを感じないなど、そんなことがあるはずは」

「そうだよな。はあ、どうしたものか」

「ここは詳しく確認される方がいいかと。あの森に何かあれば、世界の均衡が崩れかねません」

「そういうことになるよなあ。一応準備はできているんだが」

「ならばすぐに私が」

「いや、今回ばかりは俺が行かないとダメだろう。ちょうど明日、父が来ることになっているからな。ここのことは父に任せて、俺が行く」

「そうですか？」

「なんだ？」

「いや、あなたは行きたがらないかと。仕事がという意味ではなく、あのくだらないことが理由で」

「くだらないだと。あれは、俺は間違っていないだろう。それなのに、やつが間違えを認めないからあんなことに」

「まあ、それについてはどうでもいいのですが。確認しに行くのはよろしいですが、余計な問題は起こさないでくださいね。森がどうなっているかは分かりませんが、あちらに何か大変なことが起きていれば、あなたが問題をさらに大きくする可能性もありますからね」

「おい、それは言いすぎだろう」

「そうですか？　あの後、全ての処理をしたのは？　そのときだけではありません。他にも何度も」

「あ〜、分かった分かった。なるべく静かにしておく。それに、本当に何かあったんじゃまずいからな。出発は明日早朝だ。みんなに伝えておいてくれ」

「畏《かしこ》まりました」

「はあ、一体何が起きたのか。やつが問題を解決しておいてくれるといいんだが……」

＊

ワイルドウルフの群れが住む森――

『おい、様子を見に行った者からの連絡は？』

『まだ戻ってきていません！　ですが、エネルギーを感じた者によりますと、あのとき以来、何も感じないと。少しも「彼《か》の方《かた》」の気配は感じないようです』

『それはもちろん分かっている。私もあれ以来何も感じないからな。だがあのエネルギー、あれは確かに「彼《か》の方《かた》」のものだった。我々を導いてくださるフェンリル様の』

『我らのフェンリル様が消えて数十年。ようやく、フェンリル様が復活されたのでしょうか？』

『そうならば嬉しいのだが。しかしそれなら、なぜ今まで通り、我らの森へ来てくださらないのか』

『今までに、別の地で復活されたことは？』

『じじ様にも確認したが、知っている限りでは、ないと』

『そうですか……フェンリル様の偽物ということは』

『それはないはずだ。あのエネルギー、あれはフェンリル様にしか出せないものだ。だが、あのとき以来、それを感じることはできないからな。間違いや、偽物とは思いたくないが。そのためにも、早く確認をしなければ』

『私は生きているうちに、フェンリル様にお会いしたいです。我らがフェンリル様に』

『私もだ。それにはまず確認をしなければ。なぜドラゴンの森で、フェンリル様のエネルギーを感じたのか』

『やはり、私が確認をしに』

『いや、もうすぐ確認に行った者たちが戻ってくるはずだ。その確認が終わったら、私がドラゴンの森へ。もし本当にフェンリル様が復活されたのであれば、やつがすでに動いているだろう。やつとは古い知り合いだ。最近は会っていなかったが、私がやつの森へ入っても問題はないはずだ』

『フェンリル様に何もなければいいのですが』

『そうだな……私が森へ向かったら、ここのことはお前に任せる』

『はっ!!』

＊

とある場所のとある組織――

「力が生まれた」

「我らが闇の帝王が蘇《よみがえ》るために必要な力が」

「様子を見に行った者たちからの報告はまだか」

「はっ、まだ誰も戻ってきておりません」

「まったく何をしておるのだ。せっかく生まれた力。早く回収せねばならんというのに」

「わざわざ、あの魔法陣を使って、あの場所へ移動したのではないのか？」

「静かにしないか」

「も、申し訳ありません」

「お許しを！」

「やつの支配する場所へ向かったのだ。もしかしたらすでに消されているかもしれん。それよりもあの力。あれだけのエネルギーを放っておきながら、あれ以来まったく力を感じん。確かにあれだけのエネルギーがあれば、我々の、闇の帝王を蘇《よみがえ》らせることができるだろう」

「ついに、ついにそのときが」

「……あのエネルギーの爆発が、偶然起きたのでなければな」

「それはどういう？」

「あれだけのエネルギー、今この世界にあれだけのエネルギーを持った者が、本当にいるのか。もしいたのならば、すでに何かしらの情報があるはずだ。ゆえに、あの森で何か問題が起きた可能性もあるということだ」

「問題？　ですがあの森は」

「そうだ、あの森はやつらが住んでいる森。そう簡単に問題が起きるとは思えない。が、そういう可能性もあるということだ。そして、もし本当に問題が起きているとしたら、とうにやつが対処した可能性が高い」

「そんな!?　それでは復活のために必要な力は！」

「私は可能性の話をしているのだ。どんなことにも、さまざまな可能性を考え行動しなければ。何かあれば、また我々の悲願が遠のくのだぞ」

「今まで何度、邪魔をされてきたことか」

「そうだ、我々の悲願のためにも、間違いは許されない」

「いいか。明日までに連絡がなければ、次のことは考えてある。お前たちは私の言う通りに。余計なことはせず、いつも通りの行動を。もし勝手に行動すれば……分かっているな」

「「はっ!!」」

「……一体、あのエネルギーの正体は？」

8. ドラゴンの里見学

僕――カナデとフィルがこの世界に来てから五日。この世界というか、このドラゴンの里にもやっとなれてきて、昨日は初めて、ゆっくりドラゴンの里を見学しました。

まずは街の中心へ。ほら、治療院《ちりょういん》や色々なお店が並んでいるところです。初日はほとんど見られなかったから、大きな大きなお店に、僕とフィルはまたまた大興奮でした。

もちろん、エセルバードさんのお屋敷や治療院《ちりょういん》、それから屋台とかで、その大きさは分かっていたけど、改めて見るとやっぱりすごかったです。アリスターが走っていっちゃいそうな僕の洋服を掴《つか》み、やっぱり走っていっちゃいそうなフィルのしっぽをアビアンナさんが掴《つか》んで、止めてくれました。

うんうん、だってそのまま走り出したら、確実に里の中で迷子になること間違いなし!! 僕たちを掴《つか》んでくれてありがとう!!

お屋敷のお庭でも迷子、下手したらお屋敷の中でも迷子なのに、里でも迷子。迷子になる危険地帯だらけです。

そうそう、僕たちが里を見学していたら、たくさんのドラゴンたちに話しかけられました。みんな『こんにちは』『ドラゴンの里へようこそ』『ドラゴンの里を楽しんで』『これ食べる？』――こんな感じで、話しかけてくれます。

それに、ドラゴン姿のドラゴンたちは、僕たちを潰《つぶ》さないように、飛ばさないように、道を空けてくれました。わざわざ人型に変身してくれるドラゴンも気遣ってくれます。みんなとってもニコニコ、優しいドラゴンたちばかりです。

このときの僕は知らなかったんだけど、僕たちが来たその日の夜のうちに、エセルバードさんが里のドラゴンたちに、『訳あって彼らはここで暮らすことになった。もし街中《まちなか》で会うことがあったら、優しく声をかけてほしい』って、お知らせを出してくれたんだって。

それと一緒に、注意も。僕とフィルは、この里で一番小さいアリスターよりも小さいからね。潰《つぶ》したり、飛ばしたりしないようにって。

最初、エセルバードさんに飛ばされたから、それも伝えてもらって良かったです。みんな、久しぶりのドラゴン以外のお客さんに、盛り上がったらしいよ。

僕とフィルが一番気に入ったのはお菓子《かし》屋さんです。ドームサイズの二階建てのお店で、お店の中にみっちりとお菓子《かし》が売られていました。ドラゴンサイズ、人型サイズ、どっちも売っています。

人型サイズは地球のお菓子《かし》と変わらなかったんだけど、やっぱりドラゴンサイズはすごかったです。僕よりも大きなクッキーにお煎餅《せんべい》、ペロペロキャンディーがあります。それからボウリングの球よりも大きい風船ガムに、こんぺいとうもとっても大きくて、カラフルな岩みたいでした。

他にも見たことのないお菓子《かし》がいっぱい。見たことのない果物に、それをハチミツコーティングしたもの。なんか独特の色をした焼き菓子《がし》もありました。灰色と濃い緑色が混ざった感じの色で、見た目はあんまり美味《おい》しそうじゃないんだけど……このお店で、ううん、この里の中で一番人気の焼き菓子《がし》なんです。

シュークリームやケーキも売っていました。ドラゴンサイズのワンホールケーキだと、僕とフィルが完全に埋まっちゃうサイズです。シュークリームだって、皮の中に完璧に入れちゃいます。

本当は全部見たかったものの、それだと他の場所へ行けないから、四分の一回ったところで、次の店に行くことにしました。なにしろドームほどのお店だからね。今度また連れてきてほしいって約束しました。

その後はとりあえず、外からお店を見ることに。入ってみたいお店を選んでおいて、次回来ることにしました。ただ、見たいお店ばっかりで、次もそんなに回れないかも。

最後に行ったのはメイリースさんのお店です。薬草を売っているお店で、グッドフォローさんも買いに来るんだって。

お店の中は植物園みたいになっていて、二階建ての家がゆうゆう入っちゃうほど天井の高い一階なのに、その天井を突き抜けて、二階へと伸びている太い太い幹がありました。

成長をコントロールしないと、三階も超しちゃうそうです。幹も、ドラゴン姿のエセルバードさんくらいの幅になっちゃうみたい。

三階……えっとドラゴンの建物の一階は、地球の三階建てくらいの大きさで、それが三階だから地球だと……九階建ての建物と同じ大きさということになります。

ただ、色々な薬に使えるから、大切な花なんだそうです。あと、幹だと思っていたものは、花の茎《くき》部分でした。

僕たちはメイリースさんのお店で少し休憩《きゅうけい》させてもらいます。メイリースさん特製のお茶を飲ませてもらいました。ハーブティーみたいな、とっても美味《おい》しいお茶です。

そのとき、エセルバードさんたちの話を聞かせてもらえるって思ったんだけど、全力でエセルバードさんが阻止《そし》しました。だからメイリースさんは、今度エセルバードさんがいないときに、またゆっくり遊びに来なさいって言ってくれました。ただ、エセルバードさんは絶対に阻止《そし》するって言っています。

メイリースさんのお店を出た後は、中心部から離れて、里の外側へと移動します。中心部にはお店があり、外へ向かうに連れて住宅地になっていきます。そしてまたまた外側には、畑や魔獣の牧場がありました。

確かにこのドラゴンの森には、とっても強くて怖い魔獣も多いけど、ドラゴンたちと仲のいい魔獣たちもいっぱいいるんだそうです。そんな魔獣たちから、卵やミルク、毛や角、色々な素材を分けてもらっているんだとか。

今度乳搾《ちちしぼ》りを体験させてもらえることになりました。地球でもやったことがなかったから、とっても楽しみです。ただその乳搾《ちちしぼ》りを体験させてもらう魔獣が——牛にそっくりなのに、大きさが五倍でした。ちゃんと乳搾《ちちしぼ》りできるのかな？

牧場見学が終わって、最後に向かったのは公園です。里には大きな公園が一つ、小さな公園が二つあります。僕が行ったのは大きな公園で、そしてそこは……遊園地でした。

基本の遊具は地球の公園と同じです。ブランコでしょう、砂場に鉄棒に、それからシーソーに、生き物の形をした乗り物。

でもそのサイズが……人型用は普通でも、ドラゴン用がすごくて……ブランコは遊園地の海賊船と同じサイズです。砂場は砂のプールみたいになってるし、鉄棒はオリンピックの鉄棒よりも大きいです。

シーソーもドラゴンが乗るサイズのため、動いているのを見るだけで、かなりの迫力がありました。

他にもコーヒーカップみたいなもの、メリーゴーランド風なものもあります。全部が人型用とドラゴン用のがそれぞれありました。それだけのものが入る敷地なので、もうこれは公園じゃなくて、遊園地って言った方が合ってます。

その中で僕たちが一番気になったのは、大きな大きな滑《すべ》り台《だい》と、そこについているプールでした。プールと言ったって、二十五メートルプールが何個入ることか。

そして滑《すべ》り台《だい》は、形は地球の滑《すべ》り台《だい》と変わらないのに、ウォータースライダー並みの長さです。完璧に僕が昔行ったことのある市民プールでした。大きさは違うけどね。

ちなみにドラゴンサイズの方は、ただの大きな板が斜めに設置されているだけで、そこをドラゴンたちが滑《すべ》っていました。僕、前からウォータースライダーやりたかったんだあ。

「ありえ、やりちゃい!!」

『あの滑《すべ》り台《だい》をやりたいの？』

アビアンナさんが聞きます。

「あい!!」

プールの深さはドラゴンの方は……うん、気にしないでおこう。あれは海です。でも、人型の方はサイズが合わせてあるはずだから、あれならどうにかならないかな？

『う〜ん、誰かと一緒なら大丈夫かしら。カナデは初めてだから、溺《おぼ》れたら大変だわ』

『ボクもあれ、やりたいなの!!』

『とっても面白いんだよ。僕もここに来るといつもあれで遊ぶんだ。何回も滑《すべ》るの。でも順番待ちが大変』

そうなんだよね。滑《すべ》り台《だい》のところ、今もアリスターの言う通り、かなりの人型ドラゴンたちが並んでいます。

『まあ、大丈夫だろう。私と一緒に滑《すべ》ろう。服は借りればいいし、体はすぐに風魔法で乾《かわ》かせる。アリスターとフィルは洋服は関係ないからな。さあ、みんな並びに行くぞ』

エセルバードさん、ありがとう！　急いで列の方へ……でも、並ぶ前に僕とエセルバードさんは洋服を着替えます。そう、水着です。

エセルバードさんは地球のサーフパンツみたいなやつを穿《は》いて、僕はキッズ用水着です。ちょっとズボンが大きくて、お尻《しり》がかぼちゃみたいでした。

水着を着せてもらって、洋服を預けたら準備完了です。すぐに列の最後尾に並びました。早く滑《すべ》りたいなあ。

『はは、そんなに乗り出さなくても。少し待てば滑《すべ》れるぞ』

「うにょ？」

僕はエセルバードさんと手を繋いでいたのに、早く滑《すべ》りたいのと楽しみなのとで、気づかないうちにすごい前のめりになっていました。えへへへ、この体に、二歳になったからなのか、どうにも行動が小さい子供みたいになっちゃいます。

それからも、姿勢を直しては前のめりに、姿勢を直しては前のめりになってしまいます。エセルバードさんが途中で笑っていました。もう、しょうがないじゃない。本当に楽しみなんだから。

並びはじめると、列は思ったよりも早く進んでいきます。

理由は、一応階段がついているものの、みんなは飛んで上まで登っていたからです。歩くよりも全然早く滑《すべ》り台《だい》の上に到着します。

もちろん、アリスターも飛んで上に行きました。フィルは何段飛ばしかでささっと上に。僕も、エセルバードさんに抱っこで連れていってもらいました。

そして、約十分ほどで、僕の番になりました。

滑《すべ》り台《だい》の頂上は、地球でいうところの七階くらいです。そこから見る眺《なが》めは最高でした。でも、もちろん一番は、エセルバードさんのお屋敷から見る景色です。お屋敷からの景色は、ドラゴンの里全体だけでなく、広大な森も見えて最高なんだ。

さあ、いよいよ滑《すべ》ります。まずは慣れているアリスターから。アリスターの滑《すべ》る様子をちゃんと見て、続いてフィルが。最後は僕とエセルバードさんです。

『じゃあ行くよ！　それぇ～!!』

シュウウウウッ!!　すごい勢いでアリスターが滑《すべ》っていきました。なかなかのスピードです。でも滑《すべ》るのはすぐに終わり、数秒もすれば係のドラゴンが下を確認をして、『次どうぞ』って言いました。

『カナデ、したでまってるなの!!』

フィルはそう言って滑《すべ》っていきました。それからまたまた数秒後。いよいよ僕たちの番です。係の人が確認をしたら、僕たちは滑《すべ》るスレスレまで移動します。そして、エセルバードさんの膝《ひざ》に乗せてもらいました。

下から見ていた分には、そんな急には見えなかったんだけど、いざその場所に座ってみたら、滑《すべ》り台《だい》が急すぎて下が見えませんでした。黙った僕にエセルバードさんが『大丈夫か、やめるか』って聞いてきます。

だ、大丈夫。ちょっとドキドキしてるだけだから。滑《すべ》っちゃえば楽しいはず。僕はうなずいて、ムンっと力を入れました。係のドラゴンが旗を下におろしたら――

シュウウウウッ!! すごい勢いで滑《すべ》りはじめます。

「むにょおぉぉぉ〜!!」

バシャ〜ンッ!! 数秒で着水しました。一瞬プールの底まで潜って、すぐに浮上すれば――

「…………」

『カナデ、おもしろかったなの!!』

『どうだったカナデ、とっても面白かったでしょう?』

『カナデ、大丈夫か？』

フィル、アリスター、エセルバードさんが問いかけます。

「…………にゅにょおぉぉぉ!!」

とっても楽しかった!! 最初はドキドキしたけど、滑《すべ》っちゃえば怖いことなんてなんにもありません。それどころか、とっても楽しかったです。すぐにプールから上がって、もう一回滑《すべ》りに並びます。それで結局、四回も滑《すべ》りました。あ～、本当に楽しかったなあ。

楽しい滑《すべ》り台《だい》で遊んだら、次はドラゴンサイズの方のプールへ移動します。エセルバードさんに抱っこされたままプールに入って、ドラゴンが滑《すべ》ってくれれば、バシャ～ン、ゆらゆらゆら。地球でいえば、波の出るプールです。

これもとっても楽しめました。僕が海に行ったのは、もうずっと前、まだ僕のもう一つの大切な家族がいた頃のことです。それ以来の、本当の海じゃないけど、波の出るプールです。フィルとアリスターはボードにも乗って遊びました。

その日のドラゴンの里見学は、プールの後、コーヒーカップに乗っておしまいです。次回は一日公園で遊ぶことにして、お屋敷に帰りました。

本当に楽しい一日でしたが、ただ夜ご飯の最中に、こっくりこっくり始めてしまい……次の日起きたとき、夜のご飯の記憶がまったくありませんでした。

＊

パシャ～ンッ!!　パシャ～ンッ!!

『ふう、楽しかった』

もう周りは真っ暗。でも、遊ぶところには少しだけ灯りがついてたから、ちゃんと遊べたよ。アリスターとあの人間たち、それに他のドラゴンたちも楽しそうにしてたから、僕もやってみたくなっちゃったの。上からシューッって、とっても楽しかったよ。

体をブルブルして乾《かわ》かしたら、アリスターのお屋敷に行くよ。窓から中を覗《のぞ》いたら、ご飯に顔を突っ込んでるあの人間とわんこがいた。何日も見てたけど、人間はあんな食べ方してなかったよね？　道具を使ってなかった？

あっ、みんなに抱っこされて移動するみたい。あれぇ？　寝てる。ご飯なのに寝てるの？　そう言えばボクも、時々知らないうちにご飯が顔についてるときあるなあ。あれ、どうしてだろうね？

アリスターと人間たちが自分たちの部屋に運ばれて、そのまま寝はじめたのを見て、僕は人たちが寝てる方の、窓の縁《ふち》のところに行ったよ。それから、ちょっとずつ集めておいた葉っぱや自分の羽根を敷いた場所に座ったんだ。

そろそろ人間たちと話してみようかな？　それで、お友達になってってお願いするの。ここ何日か人間たちを見てたけど、全然怖いことはなかった。それから、誰かをいじめたりしてないし、怒ってもなかった。いつもニコニコ、みんな笑ってたもんね。

でも、あの魔法はビックリしちゃった。だって、ドラゴンの結界に穴が開いちゃって、しかも大きな大きな道が二つもできちゃったんだよ。ドラゴンの結界はなかなか破れたりしないのに。魔法は、ドラゴンよりすごかったよね。アリスターのパパくらい？　それよりももっと？　僕は後ろに隠れてて良かったあ。

ただ、ビックリしたけど怖くなかったよ。怖い顔して魔法使ってなかったし。お屋敷に戻るときの人間は、とっても心配そうな顔して、ごめんなさいって。わざと魔法やってなかったんだもん。きっと練習したら、もっと威力がすごくて、もっとカッコいい魔法が使えるようになるんだろうなあ。いいなあ、いいなあ。ボクも魔法を使えるようになりたいなあ。それで、カッコいい魔法をみんなで使うの。

それにはやっぱり、人間たちとお友達にならなくちゃ。よし、明日、明後日？　人間たちとお話ししてみよう。でも、話しかけるのはちょっとドキドキするから、そっとそっと近づいて、そっとそっと話しかけよう。それで、いつでも逃げられるようにしておこう。

それから、アリスターがいるときにしよう。アリスターはいいドラゴン。ボクのこと襲ったりしないはず。もしダメって、逃げられないって思ったら、アリスターの後ろに隠れるんだ。アリスターとあの人間たちは仲良しだから、人間たちはアリスターを攻撃しないはずだもん。

よし、決定！　人間たちとお話ししよう!!

9．みんなに魔力を溜《た》めるところをお披露目《ひろめ》……羽が生えた!?

ドラゴンの里見学をした次の日、時間は夕方になるちょっと前、僕たちは、大きな一軒家を眺《なが》めています。僕たちの部屋の中で。

どういうことかっていうと、始まりはフィルがアリスターに部屋の話をしたことでした。ほら、せっかく用意してもらった僕たちの部屋だけど、僕たちサイズだと、どうしても部屋が広すぎてしまいます。なにしろドラゴンサイズだからね。

それで、フィルが『ちょっとスースーする』って言いました。遊んでいるとき、大きな部屋の中を走るのが楽しいフィルでも、夜は……ね。

それから他にも、昨日拾った大きな枝や石を置いてもいいか聞きました。フィルは気に入ったものはなんでも拾っちゃうんです。一応今は、荷物入れにしまってあります。

『そっか。僕はこれくらいのお部屋がないと、飛ぶ練習できないし、夜はスースーって思わなかったよ』

アリスターは生まれたときからこの広さの部屋で過ごしてきたからね。そして、飛ぶ練習って聞いて、僕はもう一つのお願いを思い出しました。あの、僕がフィルに乗るためにも、まず大きな人形とかに乗って練習できないかなってやつ。

フィルがアリスターに色々お話ししたから、ついでに僕も聞いてみました。

そうしたら、夕方までに僕たちの部屋に大きな家が建ちました。遊ぶ用の家だって。地球の小さな子供が家の中で遊ぶ用の、キッズハウスがあるでしょ。それと同じ感じかな。大きさが全然違うけど。今目の前にあるのは、キッズハウスじゃなくて、ただの人間サイズの一軒家ね。

アリスターが僕たちの話をエセルバードさんたちにしてくれました。すると、『カナデは人間で慣れていないもんな』って言って、それから『遊ぶものももっとあった方がいいだろう』と、部屋の中を改装してくれたんです。

遊ぶ用の家の横には、フィルが走れるスペースがちゃんとあります。それから家の中には、今使っているもの以外のベッドを入れてもらいました。好きな方で寝ていいそうです。

後は、僕がフィルに乗るための練習用に、フィルと同じくらいのぬいぐるみを用意してもらいました。フィルが拾ってきたものも家の中に入れました。家の中には他にも、ソファー、テーブル、おもちゃがあります。

家には窓もついていて、それからなぜか台所もありました。ほら、完璧に一軒家でしょう？　それを半日で作っちゃったんです。

最初家を見た僕たちはびっくりして、黙ってしまいました。その後はもう嬉しくて。それにこれからどうなるか分からない僕たちに、こんなに立派な家を建ててもらえるなんて。何回もエセルバードさんたちにお礼を言いました。

『はは、お礼なんていいんだぞ。それに、子供に遊び用の家を買ってやる親は多いからな。最近だと精霊の家っていうのが流行《はや》りらしいな』

え？　そうなの？　いや、家族じゃない僕たちに、わざわざ作ってくれたんだから、ちゃんとお礼は言います。でも、他のドラゴンたちはこれが普通なの？　地球でキッズハウスを買うのと似てるのかな？

『さあ、好きに使っていいからな。他にも何かあったら、すぐに言うんだぞ』

「あがとじゃましゅ！」

『ありがとうございますなのぉ!!』

早速中で遊ぼうと思って、みんなで家に突撃しようとしたところ……エセルバードさんに止められました。なんで？

『好きに使っていいと言ったんだが、待ってくれるか。遊ぶ前にカナデとフィルに話があるんだ。魔法のことで』

「まほ？」

『ああ、そうだ』

魔法、何かな？

『カナデもフィルも、この前の魔法が初めてだったんだよな。それは間違いないな』

「あい！」

『うん、ボクたち、まほうはじめてだったなの！』

『そうだよな。魔法の属性のことも、体に魔力が溜《た》まったのも初めての経験で、分かっていなかったからな』

エセルバードさんは、どうしてそんなこと聞くんだろう？

『いや、なに、一応確認しただけだ。それでな、カナデ、フィル。これから二人には毎日少しだけ、魔法の練習をしてもらおうと思っているんだ』

「まほ、れんちゅ!!」

『れんしゅうなの!!　またまほうできるなの!!』

フィルが改装された僕たちの部屋の中を走り回ります。

『とう様、僕も一緒に練習？　僕、まだ練習してないよ』

そばにいるアリスターが言いました。

『アリスター、アリスターの話もあとでするから、ちょっと待っていなさい』

『いいなあ、いいなあ。僕も練習したいなあ』

そういえば、アリスターはまだ魔法が使えません。僕たちよりもお兄さんなのに。アリスターの歳は二十五歳でした。二十五歳。人間で言うと五歳だって。それを聞いたときはビックリしました。でももっとビックリしたことがあります。

エセルバードさんは、まさかの百歳超えでした。百七十五歳。人間で言うと三十五歳です。アビアンナさんは百六十五歳、人間で言うと三十三歳です。人の歳を五倍にしたのが、ドラゴンたちの大体の歳なんだそうです。

僕ね、話を聞いたとき、あまりにビックリして、面白い顔をしてたみたい。エセルバードさんたちが笑いながら、ドラゴンの歳で考えるより、人間の歳で考えるとおかしくないだろうって言いました。姿も人間と同じだからなって。

確かに三十五歳と言われれば、エセルバードさんが人型のときは、それくらいの歳の人に見えるし、それはアビアンナさんも同じです。ちなみにグッドフォローさんは、エセルバードさんと同じ歳でした。

それから、セバスチャンさんは三百二十五歳で、このお屋敷で一番の年上でした。人間だと六十五歳です。森を直してくれたメイリースさんは三百六十歳、人間だと七十二歳のおばあちゃんでした。

そう説明されれば、違和感は少し減ったけど、ドラゴンはとっても長生きなんだね。

で、そんな長生きなドラゴンの子供が魔法の練習を始めるのは、人間で言うと六歳くらいからなんだそうです。そのくらいになると、体もしっかり、魔力も安定するので、そこでステータスを確認して問題がなければ練習を始めます。

まだアリスターは五歳。だからまだ、魔法の練習をしたことはありません。じゃあ人間は？

『実はな、この前の魔法と、その前のアリスターたちの話を聞いて、カナデとフィルは、早く魔法の練習を始めた方がいいかもしれないと思ったんだ』

「まえにょはなち？」

『そうだ。里へ来る前、アリスターと出会ったときの話だ』

ああ、フィルとアリスターが一緒に初めて魔獣を倒したときのことか。

あれがどうしたのかな？

『カナデはあのとき、体が急にあったかくなったと。アリスターたちも、話を聞く限り、ほぼ同時に体が温かくなったと言っていた。そして、アリスターによれば、いつもよりも力が出たらしい』

うんうん、そんな話ししたよね。

『おそらくそれは、カナデがフィルたちに自分の魔力を分けたんだ。そして、その魔力がフィルたちを守り、力を与えた』

えええ⁉　僕そんなことした？　何かできないかなって思ったけど、魔法のことなんて考えてもいなかったのに。

『無意識だったんだろう。アリスターたちを守りたいと、力になりたいと。その思いに魔力が反応したと、私たちは思っている』

そうなんだ。僕は無意識にそんなことしてたのか。僕の魔力すごいね。僕が何も言わなくてもやってくれるなんて。

『だからな、カナデとフィルには魔法の練習が必要だと、私たちは考えた』

ステータスの魔力のところ、記号になってて、しっかり表示されてなかったもんね。だからしっかりとした魔力量は分からない。だけど、かなりの魔力を持っているんじゃないか、そしてその魔力が、ちょっとした僕たちの思いに反応して、自然と魔力が溢《こぼ》れてくるんじゃないか。

それが、エセルバードさんたちの考えでした。ほら、ケサオのときも、二日酔いをどうにか治そうとして、勝手に魔力が溜《た》まっちゃったし。

そこで、僕たちに魔法の練習をさせることに決めたそうです、もちろん僕たちはまだ小さいから、そんなに難しい練習はしません。みんなが初めて魔法の練習をするときと一緒で、まずは魔力を体に感じることから始めます。

魔力量が絶対に多い僕たちには、こういった練習を少しでも早く始めた方が、自分のためにも、周りのためにもいいようです。魔力の暴走で、自分が、周りが傷つくのは嫌だよね。

『ということで、魔法の練習を始めようと思うんだが、どうだ？　もちろんカナデたちが心配で、嫌だって言うなら止めるが。私たちがしっかりサポートして、魔力が暴走しないようにする』

僕とフィルは顔を見合わせました。そしてすぐに〝にやぁ〟と笑います。

「ぼく、やりゅ!!」

『ボクもやる、まほう、やりゅなの！　……やるなの!!』

やるに決まってるよね！　だって魔法だよ。まあ、魔力を感じる練習だけど、それでも魔法の練習には変わりないよ。わあ、楽しみだなあ!!

こうして次の日から、魔力を感じる練習が始まりました。

＊

次の日、練習は庭でします。ちょっとした魔法の練習をするための場所が庭にはあって、そこでするんです。エセルバードさんたちも時々ここで、魔法の練習をするそうです。

ただ、エセルバードさんたちが魔法の練習をする必要があるのかなって思いました。聞いたところ、確かにエセルバードさんたちは、すごい魔法がいっぱい使えます。でもそれで終わりにはなりません。いつでも新しい魔法を考えていて、何か魔法のいいアイディアが浮かぶと、ここに来て練習するんだとか。

ただ、セバスチャンさんとマーゴさんには、僕たちが魔法を使った、あの練習場に行けって言われてるみたい。そしてストライドさんにはもっとストレートに、馬鹿なことはやめて、誰にも迷惑のかからない場所でやれって。

セバスチャンさんたちが言っているのは聞いたことないけど、ストライドさんのは、昨日の夜、ご飯を食べたあとでリラックスルームにいるときに聞きました。他にも何度言ったら分かるんだとか、あなたの頭は飾りですかとか。まあ、色々と。

途中で僕たちとアリスターは、マーゴさんに『別の部屋でゆっくりしましょうね』って移動させられたから、その後のことは分かりません。かなりの言われようでした。エセルバードさん、一体何をしたんだろうね。

『よし、じゃあ早速始めようか。まずは確認。カナデとフィルは、この前の自分たちの体に溜《た》まった魔力が、どんなものだったか覚えているかな？』

「あい！」

『おぼえてるなの‼』

先生はグッドフォローさんです。本当はメイリースさんが教えてくれるはずだったのに、急用ができちゃったみたい。それで、次にこの里で魔力操作が上手なグッドフォローさんが教えてくれることになりました。それから、助手としてストライドさんがついてくれます。

ストライドさんも、とっても魔力操作が上手なんだそうです。それにかなり強い魔法を使うんだって。おまけに魔力量もとっても多くて、小さい頃はとっても大変だったとのこと。だから、僕たちのことをとっても心配してくれています。だから、自分から今回の僕たちの魔力を感じる練習に参加してくれました。

『どんな魔力だったかな？』

「ちょってても、あっちゃちゃかっちゃ……あちゃちゃちゃちゃ」

今のは温かかったって言いたかったのに。なるべくたくさん話して練習していても、なかなかうまく話せるようになりません。

『フィルもなの。フィルもとってもあったかかったなの！　それからふわふわしてて、キラキラしてたなの！』

うん、そう。キラキラしてたの、僕も少し感じました。表現が難しいんだけど、魔力自体がキラキラしてるっていうか。もちろん魔力が見えるわけじゃないけど、そう感じたんです。

『そうか、二人には魔力はそう感じたんだね。ちなみに僕は自分の魔力は、ひらひらって感じがするんだ。ストライドはどうだい』

『私はパキパキといった感じでしょうか』

へえ、みんな色々感じるんだね。

『みんなそれぞれ、魔力の感じ方は違うんだよ。君たちが同じように感じたのは、もしかしたら二人が同じ属性だからかもしれないね。それに、君たちは家族だからね』

そっか。家族だからね。僕もフィルも、顔を見合わせてニッコリです。

『いいかい。魔力を感じるには、その魔力のことを思い浮かべるのが大切なんだ。そうすれば最初は難しくとも、そのうちささっと、魔力を溜《た》めることができるようになる。もちろん、最初から一人は無理だよ。最初は僕たちが手伝うからね』

僕とグッドフォローさん、フィルとストライドさんで組になって、いよいよ練習開始です。この前みたいに、グッドフォローさんが僕の肩に手を置きました。今からグッドフォローさんが僕の魔力を引き出してくれるそうです。

それを何度かやってもらって、自分の魔力をもう一度確認します。それから溜《た》まる感覚を覚えたら、今度は自分でやるんです。

自分でやるときは、今言われたみたいに魔力のことを考えて、魔力集まれ、体の中心、胸のあたりに集まれって考えます。想像する感じかな？　それで魔力が集まれば成功です。

でも、それで終わりじゃありません。ただ、まずはそこまでやるのが大変なんだとか。だから、そのあとの説明は、魔力を自分で出せて溜《た》められるようになってからです。

すぐに、僕の肩に乗せている、グッドフォローさんの手の部分が温かくなって、それから胸のあたりが、この前魔力が溜《た》まっていたときみたいに温かくなりました。そう、温かくて、ふわふわでキラキラで、僕の魔力。

――と、温かくなったら、すぐにすうって魔力が消えました。

『どうかな、分かったかな？　溜《た》める魔力は今くらいでいいんだよ。そのくらいだったら、魔力を溜《た》めるのをやめるだけで勝手に魔力が消えるんだ。もう少し溜《た》めても消えるからね』

「あい！」

『よし、じゃあ何回かやってみるから、しっかり覚えてね。それから一人でやってみよう。大丈夫、僕たちがいるから、何も心配しないで練習してね』

「あい!!　ぼく、がばりゅ！」

チラッと横を見ると、フィルも最初の魔力を感じるのは終わったみたい。次早くってストライドさんに言っていました。よし、僕もフィルに負けないように頑張《がんば》ろう!!

それから何回か、魔力を感じる練習をして、自分の魔力がどんなものか、それから魔力を溜《た》める感覚もしっかりと覚えたら、いよいよ自分で魔力を溜《た》めてみます。ここまで一時間くらいでした。

あとは自分で練習あるのみ。グッドフォローさんが、分からないことがあったらどんどん聞いてねって。

同じくらいにフィルも最初の部分が終わりました。並んで自分たちだけで練習開始です。まずは自分の魔力を考えて、それから体の中心に集まれって……

「うにょにょにょにょ！」

『ふにょにょにょにょなのぉ！』

『はは、そんなに力を入れなくても大丈夫だよ』

『ですが最初はみんな、力が入ってしまいますからね』

グッドフォローさんとストライドさんが苦笑しています。

う～ん、ダメだあ。僕もフィルも大きく息を吐《は》きます。何も感じませんでした。でもまだ一回目。

どんどん練習をします。練習の間にグッドフォローさんたちが、こつを教えてくれました。

もう少し力を抜いてとか、力を入れすぎると逆に魔力が溜《た》まりにくくなるとか、まずはしっかり魔力を考えることだとか。

アドバイスを貰《もら》いながら、何回も練習する僕たち。練習はお昼ご飯まで続けました。そして——

『は？　もうできるようになった？』

　僕たちは今、リラックスルームでみんなでまったり……なんてことはなく、エセルバードさんが驚きのあまり変な顔しています。アビアンナさんも驚いてはいたけれど、

『あらあら、すごいわね！　頑張《がんば》ったのね二人とも！』

　と、褒《ほ》めてくれました。

　あれから頑張《がんば》って練習した僕たちは、今日の練習時間が終わるまでに、魔力を少しだけ溜《た》められるようになりました。ちゃんとグッドフォローさんが教えてくれたくらい、溜《た》められるようになったんです。

　最初は全然溜《た》まらなかったものの、その次にかすかに魔力を感じて、またまたその後は、魔力がきたって分かるようになり、そうなったらすぐでした。

　でも、感じたあとも大変でした。魔力が出たと思ったら一瞬で消えちゃったり、ふわふわ強くなったり弱くなったり、手だけに魔力が集まっちゃったり、足先に集まったり。

　ただ、グッドフォローさんとストライドさんが、細かくアドバイスをくれました。他のことは考えずに、魔力量のことだけ考えなさいとか、もし変な場所に魔力が溜《た》まりそうになったら、集めるのをやめて最初から練習しなさいとか。

そして、練習時間が終わる少し前には、体の中心に魔力を溜《た》めることができるようになりました。

『あ～、そんなに早く習得できるものか？』

エセルバードさんが唖然《あぜん》としています。

『いいじゃない、できたんだから。それにしても本当にすごいわね。明日のおやつは特別にもう一品付けてもらいましょう』

『もういっこなの？』

フィルがアビアンナさんに聞きました。

『ええ、そうよ。もう一つ多くおやつをあげるわ』

『やったなの!!』

『アリスターも頑張《がんば》って飛ぶ練習したものね。あなたのおやつも特別よ』

『わ～い!!』

そう、僕たちが魔法の練習をしている間、アリスターは飛ぶ練習を頑張《がんば》っていました。まだ飛ぶのがちょっと苦手みたいだったので。この前は壁に穴を開けちゃったみたいだし。

魔法の練習はアリスターにはまだちょっとだけ早いんだって。だから、まずは飛べるのを完璧にしなさいって、昨日言われていました。だから、アリスターも飛ぶ練習頑張《がんば》ったんです。

『それにしても、本当に完璧に？』

エセルバードさんが、グッドフォローさんに尋《たず》ねます。

『ほとんどね。時々魔力が薄くなるときもあるけど、ほぼ一定だよ。僕もまさかこんなに早くできるようになるなんて思わなかったけどね。さすがカナデたちといったところかな』

『「神の愛し子」の能力と、その関係者ということか』

『ただ単に、カナデたちがよほど魔法の才能があるだけかもしれないけどね。もしかしたらそっちかも。でも、この基礎をもう少し続けて、完全に一定に魔力を溜《た》められるようになれば、力の暴走はもう心配ないだろう』

『それは良かったが、あまりにも……何か色々と飛ばしているような気がしてくるな。何か大切なことを見落としていないか』

『まだ魔力を溜《た》める練習をしているだけだよ。見落としなんてないよ』

『そうだよな。そうなんだが』

あ〜あ、エセルバードさんが考えはじめてしまいます。

そうそう、魔法の練習で楽しみが一つ増えました。もう少し、魔力が完全に一定に溜《た》められるようになったら、魔法を一つ教えてくれるそうです。だからどの魔法がやりたいか、考えておきなさいって言われました。

僕もフィルも思わずジャンプしちゃいます。どの魔法がいいかな？　火の魔法もカッコ良さそうだし、この前はちょっと威力がアレだったけど、水の魔法もやっぱりカッコ良いだろうし。う～ん、全部カッコ良さそう。

フィルはやっぱり泥魔法がいいみたいです。泥団子が作りたいんだって。それか風魔法。僕を乗せていないときに、風魔法を使って、もっと速く走りたいみたいです。そしてそれは、僕たちが大きくなったときのためでもあるんだとか。

もう少し大きくなって、僕ももっと動けるようになったら、僕を乗せて色々な場所に行きたいと言いました。そのときに気持ちよく、素早く移動できればいいなあって。だから、それの練習もしたいそうです。

フィルがそんなことを考えてくれていたなんて。僕はその話を聞いて、とっても嬉しくなりました。いつか僕も何かフィルにしてあげられたらなあって考えている最中です。

まあ、その前にまずは、普通に速く動けるようになるところからだけどね。何かいい方法ないかな？

そして、その日の寝る前のことでした。みんなにおやすみなさいを言って、僕たちの部屋に戻ったら、せっかく作ってもらった、ドラゴンサイズのキッズハウスで寝ることにしました。

う～ん、やっぱり落ち着く、この狭い感じ。いやここも広いんだけど、部屋全体と比べたらね。

ベッドに入って、アリアナさんにおやすみなさいを言いました。アリアナさんが部屋から出ていきます。その後はフィルと少し話をしていました。

「ふぃりゅに、がっちりじゃにゃくて、ふちゅうに、にょればいいにょに」

『ボク。がっしりでもだいじょうぶ』

『でも、おおきくなっちゃら、たいへん』

『ボクもおおきくなるから、だいじょぶ！　ボクきにならない』

うん、そうなんだけどね。フィルがいくら大丈夫で気にしなくても、僕が気になるんだよ。やっぱりフィルに負担をかけたくないんだ。

しっかり掴《つか》まるけど、こう毛を引っ張らず、なるべく体重をかけないで、フィルに負担をかけないようにするには？

握っても痛くないようにする魔法ってないかな？　エセルバードさんたちが飛ぶときに結界を張ってくれたみたいに、毛に結界を張るとか。

後は、軽くする魔法ってないのかな？　自分の体をそのときだけ軽くして、フィルの負担を少なくするために。

ドラゴンみたいに羽があったらなあ。僕だと飛べはしないだろうけど、体を少し浮かせることができたら？　う〜ん、何かいい方法ない？

と、その考えていたことを、僕はいつの間にか口に出していました。

「かりゅくしゅりゅ、いいほほ、にゃい？」

『……僕ならできるかも』

え？　フィル、何か言った？　フィルの方を見ると、もうフィルは寝ています。あれ？　空耳？

声が聞こえた気がしたんだけどな。

その声が、問題の発生に関係するなんて、このときは思ってもいませんでした。でも次の日――

＊

次の日も練習は続きます。もちろん魔力を安定させる練習です。今日はグッドフォローさんとストライドさんだけじゃなくて、エセルバードさんとアビアンナさんもいます。別の場所で練習していたアリスターと、アリスターの先生のマーゴさんも一緒でした。

僕たちの魔力を溜《た》めるところを見にきたそうです。昨日はもう練習は終わっていたし、初めてでやりすぎるのは良くないってことで、今日みんなに見せることになったのです。

というか、アリスターの先生のマーゴさんは若い頃、このドラゴンの里で、一番の飛ぶ速さを誇っていたんだって。エセルバードさんよりも速かったみたい。それに、飛ぶテクニックもすごくて、どんなに狭い場所でも、邪魔物だらけの場所でも、どんなところもシュシュッって飛んじゃいます。

今ではエセルバードさんよりは遅くなっちゃったけど、その辺のドラゴンには負けません。だからもし、問題を起こすドラゴンがいた場合、誰よりも速く移動して、そのドラゴンを捕まえます。ただ、エセルバードさんは、危ないからやめてくれってお願いしてるみたい。

『さあ、じゃあ昨日の復習から。やり方はちゃんと覚えているかな？』

『あい！　まりょくにょこちょ、かんがえりゅ』

「ためるのかんがえるなの！　ちからいれないなの！」

グッドフォローさんに、僕とフィルは他にも昨日教えてもらったことを答えます。正解らしく、飴を一個くれました。ちゃんと覚えていたご褒美《ほうび》だそうです。マーゴさんにも褒《ほ》めてもらいました。えへへ、なんか嬉しいなあ。

『よし、しっかり覚えていたから、大丈夫だと思うんだけど、一応、一度僕たちとやってみよう。それから一人でやってみようか』

「あい！」

『がんばるなの！』

昨日みたいに、グッドフォローさんたちが僕たちの体に魔力を溜《た》めてくれます。そうそう、こんな感じ。しっかりと感覚を思い出して。さあ、次は僕たちが一人でやる番です。

ちゃんとできるかな？　多く溜《た》めないように気をつけて、ドキドキしながら魔力を溜《た》めます。大丈夫、昨日はしっかりできたんだもん。

魔力のことを考えて、魔力を溜《た》めることを考えます。そして――

「できちゃ!!」

『ボクもできたなの!!』

二人同時に声を上げました。どう、どうかな？　しっかり溜《た》められたと思うんだけど。それに、今回は魔力が一定な気がするよ。

『よし、二人ともしっかりとできているよ』

グッドフォローさんも、そう言ってくれました。

ふう、良かった。ちゃんとできたよ。

『どうだいエセルバード、素晴らしいだろう』

『これは、本当にすごいな。魔力もほぼ一定だ』

『本当ね。もう少し魔力が多かったり、少なかったりするような、ほぼ一定の魔力だと思っていたけど、ここまで綺麗《きれい》に溜《た》められていたのね』

アビアンナさんも感心してくれました。

みんなに拍手《はくしゅ》してもらった僕たちは、嬉しくてその後の練習も気合いが入ります。

僕たちの練習が始まって少しして、エセルバードさんたちが何か話を始めました。僕とフィルはそのまま練習です。あんまりよくできてたから、新しい練習が増えました。溜《た》めた魔力をすぐに消さないで、ちょっとだけ長くそのままでいる、というものです。

それでね、最初はできなかったものの、でも少し経ったら五分くらいできるようになり、またみんなが驚いていました。

『わあ、今のも長くできたね！』

アリスターが褒《ほ》めてくれます。

『ながいなの！　もっとながくするなの、がんばるなの！』

「ぼくも！」

魔力を溜《た》めるときは、お話ししません。だって気が散っちゃってできなくなってしまいます。でも、魔力が溜《た》まったあとは長く長くって考えるだけだから、少し余裕があります。そのときは魔力のことを考えながら、魔法のことを考えるんです。

もう少しできるようになったら、魔法が使えるはずとか、もう少し魔力を溜《た》めているのに、何かこつはないかなとか、最初に教えてもらう魔法は何にしようかなとか。

今は、前に考えたことを思い出していました。あの、体を軽くできたらなあって。体を軽くする魔法だと風魔法かな？　風を体に纏《まと》って軽くする感じで。あとは、アリスターたちドラゴンみたいな羽を魔法で作れたらなあ。そんなふうに考えていたら――

『ふあ？　なの！』

『あ!!』

フィルとアリスターが声をあげました。フィルたちは僕の後ろの方を見ています。どうしたの？　僕の後ろに何かあるの？　僕は思わず振り返ります。でも、後ろには何もありません。

『うごいたなの！』

動いた？　だから何が？

『動いた!!　カナデ、動かないで!!』

アリスターにそう言われて、僕はピタッと止まります。アリスターは急いでエセルバードさんたちの方へ行きました。そして、エセルバードさんたちに声をかけると、最初は『向こうに行ってなさい。僕たちが練習してるから静かにしてなさい』って、声が聞こえました。でもアリスターが、『カナデの背中に生えた！』って言ったら、エセルバードさんの顔色が変わりました。

生えた？　僕の背中に？　何が？　僕は背中をなんとか見ようとします。でも、やっぱり見えません。またエセルバードさんたちの方に目を向ければ、みんながじっと僕の後ろを見ていました。そして一言エセルバードさんが――

『は？』

そう言いました。それからはみんなバタバタです。

エセルバードさんたちが、今僕たちがいるこの庭に、お屋敷の玄関ホールの脇に置いてあった二つの鏡を持ってきました。それを合わせ鏡みたいにして、僕が自分の背中を見てみると……

「おりょお、はねぇ!?」

なんと僕の背中に、とっても小さい羽がついていました。僕の手のひらと同じくらいの大きさで、羽の感じはキューピッドの小さな羽って感じで、とってももこもこしています。

でも、羽なんだけど羽毛じゃなくて、お水です。その水の羽が、僕の背中でパタパタ、ゆっくり揺《ゆ》れていました。

「はにぇ！　はにぇありゅ!!　くっちゅいた!!」

『カナデのはねなの！　パタパタなの！　アリスターたちのと、いっしょなの？』

みんなが僕に生えた、小さな小さな羽を見ます。

『これは……この羽からは魔力を感じるな』

『そうね。確かにこの羽からは、カナデの魔力を感じるわ』

エセルバードさんとアビアンナさんが困惑しています。

『どうしてこんな。カナデの魔力ということは、これはカナデがやった魔法ってことだよね、さすがの僕でもこんなものは見たことがないね。マーゴ？　君はどう？』

グッドフォローさんに問いかけられて、マーゴさんは首を横に振りました。

『私も見たことはありませんねえ。セバスなら知っているかもしれませんが』

ストライドさんがすぐにセバスチャンさんを呼びに行きます、いつもは僕たちといることが多いんだけど、今日はちょっと用事があって、練習場の方にいるそうです。ただ、待っている間に魔法の羽は、消えてしまいました。

僕の溜《た》めていた魔力が消えたら、魔法の羽も消えたんです。そう、僕たちみんな慌《あわ》ててたから忘れてたけど、僕は魔力を溜《た》めたままでした。魔力を溜《た》めていた最高記録が今です。ビックリして消すの忘れてたら、勝手に消えました。

『やはりカナデの魔法だな。魔力が消えたと同時に羽が消えたということは、これはもう確実だろう』

セバスチャンさんに見せる前に消えちゃった羽は、また出せるかな？　どうやって出したのか、自分でも分かりません。エセルバードさんたちも羽が生える魔法は知らないって言うし。

セバスチャンさんが来るまでに、これまでのことを確認します。グッドフォローさんに聞かれたことに、僕は全部答えます。魔力を溜《た》めるときに、いつもよりも多く魔力を溜《た》めなかったかとか、体の中心に魔力を集めないで、背中側に集めなかったかとか。まあ、色々ね。

もちろん僕は、グッドフォローさんたちに教わったやり方しかしてないし、危ないことなんて絶対にしていません。だってもし僕が無理したり、余計なことをしたりして、魔力が爆発しちゃったら、みんなに迷惑がかかっちゃうもん。

「えちょ、いちゅもちょ、いちょ。でもにゃがく、ためりゅときは、まほのこちょかんがえりゅ。どうやっちゃら、にゃがくまりょく、ちゃめりゃれりゅ？　どんなまほ、さいちょにおちえてもりゃう？」

僕は魔力を長く継続しているとき、考えていたことを話しました。

『魔法のことを……』

『……そう。もしかしたら、それが原因かもしれないね。カナデの思いが魔力に影響を与えて、あの羽を作り出した』

『そんなことがあるのか？　魔力が本人の想いだけで、勝手に魔法を作り出すなんて。大体こんな魔法はないだろう』

エセルバードさんが、グッドフォローさんに怪訝《けげん》な顔をします。

『だけど、今はそれしか考えられないだろう？　他にも何か、別の力が働いたとかなら別だけど、あそこにいた僕たち全員、何も感じなかったじゃないか』

『確かにそうだが、羽が水なのはなんでだ？』

『それはカナデが最初に使ったのが、僕と一緒に使った水魔法だったからじゃないかな。水の魔法の感覚が、カナデの記憶の中に残っていたから、水の羽になった』

『まさか……しかし、セバスが来たら試してみるか。カナデ、できるか？　魔力は大丈夫そうだが、初めてこれだけ長い間、魔力を溜《た》めていただろう？　体が辛《つら》くないか？』

「だじょぶ!!　げんき！」

『そうか、ならセバスが来たら、もう一回やってみてくれるか？』

「あい！」

数分後、セバスチャンさんが急いで戻ってきました。あんなに速く飛んで移動しているセバスチャンさんは、初めて見たかも。

そしてセバスチャンさんが合流すると、すぐに僕は魔力を溜《た》めます。ええと、体を軽くする魔法、こうフワフワと。そう考えてすぐでした。フィルがすぐに、また羽が生えたって言います。見たら、しっかりと水の羽が生えていました。

『どうだセバス、こんな羽が生える魔法、見たことがあるか？』

『これは……!?　旦那様、このような魔法、私は見たことがありません』

セバスチャンさんも知りませんでした。そして、僕がまだ魔力を溜《た》めていられるか実験をしたいって、グッドフォローさんが言いました。今から僕に、色々な属性の魔法をイメージした魔力を流すから、動かないでって。

グッドフォローさんが僕の肩に手を置きます。すぐに体の中に、僕のと違う魔力が流れてきました。そして次の瞬間――

『かわったなの!!』

『わあ、今度は……これは風の羽だね、シューシューって風の音がしてるよ』

フィルやグッドフォローさんに言われて鏡を見たら、今までの水の羽は消えて、薄い緑色の線がたくさん出てるような羽が生えていました。そこからシューシューって、確かに風の音も聞こえてきます。完全に別の羽に変わっていました。

そこでグッドフォローさんの小さい声が、誰に言ったわけでもなく、たぶん独り言だと思うんだけど、『やっぱり』って。その後は僕に、『また別の属性をイメージした魔力を流す』って言いました。そして、また別の魔力が僕の中に入ってきます。

『またかわったなの!!』

『今度は氷だ!!』

今度はパキッ！　パチッ!!　と音がして、氷の羽が生えていました。すごい、どんな羽でもできちゃう！

その後は、できる魔法がそれぞれ違うから、みんなにそれぞれ魔力を流してもらいました。結果、炎の羽は鳳凰《ほうおう》の羽を小さくした感じ、土の羽はちょっとごわごわした、泥が固まったようなもの、光の羽はキラキラ輝いています。こんな感じで、色々な羽ができました。

もうね、みんなビックリしています。僕とフィルとアリスター以外はね。フィルたちはすごいすごいって大騒ぎ、もちろん僕もとっても嬉しいです。だって羽だよ！　これなら僕もみんなみたいに飛べるかもしれません。羽が小さいのがちょっと問題かもしれないけど……でも、羽は羽だもんね。

ただ他にも問題があります。羽は、どうやって動かすんだろう？　今は勝手にゆらゆらゆっくり動いているものの、飛ぶためにはパタパタ動かないといけないわけで。う～ん、動けって考えればいいのかな？

僕は鏡の前で羽を見ながら動けって考えます。ちなみに今は水の羽です。そしたら――

＊

『あれはどういうことだ？』

私――エセルバードは自然に声を発していた。

『いやあ、すごいね、大人が手伝ったとはいえ、全部の属性の羽ができるなんてね』

『全属性って。まあ、確かにカナデなら全属性持ちだからな、できるだろうが。それにしたって羽ってなんだ！』

　私はグッドフォローに言った。

『なんだと言われてもね。僕だって知らないし、セバスたちが知らないんじゃや、誰も知らないんじゃない？　だろ？　セバス、マーゴ』

『そうですね。私も長く生きてきましたが、このような魔法は初めてです』

『初めて見ましたねえ。それにしても可愛《かわい》い羽で。ふふふふふ』

『マーゴ、笑っている場合では』

『エセルバード、これは笑うしかないだろう。この羽を新しい魔法とするか、それとも魔法自体が形を変えただけで、新しい魔法とは言えないのか。ほら、例えばウォーターボールが形を変えて羽の形になったとか』

　グッドフォローが言うことももっともだが……

『どっちにしても困ったな。新しい魔法だと、それはそれで騒ぎになるだろうし、形を変えただけだとしても、それはそれでどうやったんだと騒がれるだろう。まだ飛べてはいないからな、その辺はあれだが。それにもし、羽が欲しいという思いだけで、あんなささっと羽ができてしまうのでは。これからカナデがこうなればいいと思っただけで、それが実現してしまうの……』

「できちゃ!!」

『…………今度はなんだ』

＊

エセルバードさんたちが話し合う中、フィルとアリスターは僕の近くで『羽、羽』って喜んでいます。そして、僕は羽魔法の実験中です。そう、羽を動かす実験。今は羽はゆらゆら揺《ゆ》れています。

やっぱりここまで魔力操作を習ってきて、考えるっていうことをやってきたからね。パタパタ動け、パタパタ動け。飛べるくらいにパタパタ動け！　そう、僕の魔力に向かって考えました。でも途中で魔力が消えちゃって、一回目は失敗です。ただ前回みたいに長く、魔力を溜《た》めていられました。この調子でもう一回です。

そういえば、上手に魔力を溜《た》められるようになったら、他の魔法を練習するはずだけど、エセルバードさんたちはどうやって魔法を使っているんだろうね。だって、エセルバードさんたちは魔力を溜《た》める動作をせずに、一瞬で魔法を使っています。

エセルバードさんたちくらいになれば、魔力を一瞬で溜《た》められて、一瞬で魔法が使えるのかな？　それとも少しずつだけど、常に魔力を体に溜《た》めていて、それを使うとか？

だってね、もし本当にこの羽で飛べるようになったら、いつでも必要なときに羽をシュッと出して、すいすい飛べます。魔力を気にしないで自由に飛びたいもん。う〜ん。それについても聞かないとね。

そんなことを考えながら、僕は魔力を溜《た》めはじめます。ほら、もう溜《た》まった。でも油断は禁物、きちんとしっかりと魔力を溜《た》めます。うん、よし次！　次は羽を考えます。

考えて数分後、ちゃんと羽が出ました。ふう、良かった。最初のは別にして、試した二回ともちゃんと羽ができました。

さあ、どんどんやるよ！　今度こそ羽をパタパタと。羽パタパタ、羽パタパタ！　動けパタパタ、動けパタパタ。と、どれくらいか経ったところで——

『あっ！　パタパタなの!!』

『すごいパタパタ!!』

フィルとアリスターの声に、僕はいつの間にか閉じていた目を開けました。急いで僕は鏡を見ます。だって今、フィルたちはパタパタ、すごいパタパタって言っていますから。

鏡に映る僕の背中では、水の羽がパタパタパタパタと動いています。

「できちゃ!!」

僕は叫《さけ》びました。その声に、エセルバードさんたちが振り向きます。ん？　エセルバードさんどうしたの、そんな変な顔して？　なんかこう、目が据わっているっていうか、嫌そうな顔をしていたのに、こっちを見た途端、顔を引き攣《つ》らせて笑いました。

それはそうと、できた、できたよ!!　羽をパタパタ動かせたよ、見て見て!!

『これは……はあ、もうそんなことまで。これではすぐにでも飛んでしまうんじゃ』

エセルバードさんがなぜか呆《あき》れたように言いました。

みんなが僕のところに来て、じっと魔法の羽を観察します。そうしたら、新しい事実が判明しました。僕たちは羽が生えたと思っていたけど、羽は僕の背中から生えているんじゃなくて、くっついていたんです。

正確には、完全についているわけじゃなくて、指先一センチくらいだけ背中から離れていました。宙に浮いています。近くで見ないと分かりませんでした。それから、やっぱり羽の先まで僕の魔力がしっかりと流れているそうです。

そんな話をしていたら、またフィルとアリスターが『あっ！』って言いました。

『カナデ、ういてるなの!?』

『カナデ、飛んでるよ!!　飛んでる？　たぶん飛んでるよ！』

え？　『たぶん飛んでる』って何？　僕は下を見ます。う〜ん、変わったところはないけど。でもフィルたちはまだ『浮いてる、飛んでる？』って。分かっていない僕に、『見て見て』って言ってくるフィルたち。だから見てるよ、でも何も変わって……

『カナデ、鏡を見てみて』

アビアンナさんが僕に言いました。

『………ちょっと私は仕事部屋に。グッドフォロー、お前も来い。これからのことを考える』

『分かったよ、じゃあカナデ、もう少し経ったら、今日の練習は終わりだからね。ストライド、カナデたちを頼むよ』

その間に、エセルバードさんとグッドフォローさんは、バタバタと飛んで屋敷の中に入っていきました。

僕が鏡に映った自分の姿を見ました。あれ？　じっとよく見ます。なんか足が浮いているような、浮いていないような？

すぐに、アリスターとフィルが僕の足の下に手を出してきました。でも、僕の足に触れていません。

『カナデ、僕の爪先だけ浮いてるよ！』

『ボクのても、カナデのあしのしたにちょっとだけはいったなの！』

お、おお、おおお!!　浮いてる、ってことは飛んでるってこと!?　飛んでる？　爪先分だけ？

さっきのアリスターの反応が分かりました。確かに、『たぶん飛んでる？』ってなるよね。このとき、すっと魔力が消えて、羽が消えました。

「きえちゃ、もっかい、やっちぇみりゅ。もちょっと、がんばりゅ！　とぶ!!」

『カナデ、そんなに一度に頑張《がんば》らなくていいのよ。少しずつやればいいの、あなたはまだ小さいのよ。そんなに無理してやったら、体がもたないわ』

「だじょぶ！　えちょ、もっかいだけ！」

アビアンナさんは僕の心配をしてくれているものの、感覚を覚えているうちにやりたいんです。それでもう少し飛びたいの。だって、爪の先だけだけど、飛んだんですから。もう少しだけ。すぐに魔力を溜《た》めます。そうしたらアビアンナさんが、いつのまにか魔力が一定になるようになったわねって。さっきまではほぼ一定。でも今は完璧に一定だって。羽に夢中になっているうちに、魔力を一定にできるようになったみたいです。

魔力は大丈夫だから、すぐに羽のことを考えます。羽も今までで一番早く出すことができました。うんうん、どんどん上手にできるようになっています。やっぱり、体が覚えているうちに練習するのがいいようです。よし、次は羽をパタパタ動かします。

さすがに、羽を動かすのは時間がかかりました。でもなんとか動かすことができて一安心。だってパタパタできなかったら、飛ぶどころか、爪の先も飛べないことになっちゃうもん。どう、フィル、アリスター、ちゃんと飛んでる？　爪の先だけだけど。

『カナデ、ういてるなの！』

『ちゃんとできてるよ！　どう？　もう少し飛べそう？　このくらい』

アリスターが羽を動かしてその場で浮きます。床から十センチくらいかな。それくらい浮かべば、完全に飛べてるって言ってもいいよね。前に移動するとかはまた別の話。そこまで考えてたら、気が散って、浮けなくなっちゃいます。

『周りの空気を感じるといいんだよ。こう、体で空気を感じて、それに合わせて羽を動かして。ふわあぁぁぁって』

待って待って。どういうこと？　空気を感じるって何⁉　ふわあぁぁぁって何⁉

『アリスター、ダメよ。あなたとエセルバードにしか分からない感覚の話をしちゃ。空気を感じて、ふわっとなんて。みんな感覚だけ聞いて、それを理解する人は少ないのよ。グッドフォローたちはしっかり――』

どうもアリスターとエセルバードさんは感覚で動くみたい。それでふわあぁぁぁとか、ビュウウウウとか、音で説明することが多いんだとか。グッドフォローさんやストライドさんは、きちんと細かく分かるように説明してくれるのにね。

うん、今の僕にはアリスターの音だけの説明だと無理みたいです。僕はしっかり羽を動かして、浮くことを考えよう。

みんなが頑張《がんば》れって、僕の前で応援してくれます。僕も自分の魔力に向かって、頑張《がんば》れ頑張《がんば》れ、浮け浮け、飛べ飛べって。少し声に出ていたかな。

考えはじめて数分経ったときです。

『お手伝いするね』

声が聞こえたように気がしました。空耳？　でも今の声、昨日寝るときに聞いた声に似てるような。寝るときの声も空耳だと思ったんだけど。

その後すぐでした。今度は急にお尻《しり》か腰あたりが軽くなったような気がしました。それでまたフィルとアリスターの『あっ！』って声がします。今度は何？　腰から下が軽くなった気がするんだけど、もしかしてしっかり浮かんだ？　僕は目を開けてみんなを見ました。

『カナデ、おしりういてるなの』

『今までよりも浮いたけど、はいはいみたいな格好《かっこう》になってるよ。なんで？』

鏡を見たら確かにお尻《しり》が上がっていて、ハイハイみたいな格好《かっこう》になっていました。前を向いていたからね、お尻《しり》の方がよく見えないから、フィルとアリスターが僕の後ろに移動します。でも後ろに行ったら、フィルたちは何も言いません。

「ふぃりゅ？　ありしゅた？」

何回か声をかけて、やっと話してくれました。

『カナデ、おはねが、もう一つあるなの』

ん？　どういうこと？　僕は聞き返します。今度はアリスターが口を開きました。

『カナデ、羽がもう一つ増えた!!　だからお尻《しり》が浮いてるの！』

もう一つ羽が増えた？　僕はお尻《しり》を見ようとします。でも振り向くのは限界があるので、次はなんとか鏡に映そうと、手をバタバタさせて体を回そうとします。だって、まだ方向転換までできないんです。でもそれで回るわけもなく……

僕はそんなことをしているうちに、もう一つの羽を見たアビアンナさんが『嘘でしょ？　本当になんなの!?』と叫《さけ》びました。僕はその言葉に焦《あせ》ってその言葉にもっと手をバタバタさせます。すると、マーゴさんが僕の体を回してくれました。マーゴさんありがとう！

そうしてやっと鏡でお尻《しり》を見れました。フィルたちの言う通りです。腰のあたりに羽がもう一つついていて、パタパタ動いていました。水の羽じゃありません。ふわふわ、もふもふの、もこもことっても気持ちよさそうな小さな羽でした。

「はにぇ、ふえちゃ!!」

『はあ、どうしましょう、またあの人が騒ぎそうだわ。カナデ、それにみんなも、この羽はカナデの出した羽じゃないのよ』

え？　アビアンナさん、僕が出したんじゃないの？　じゃあ誰が出したの？

『どうしてカナデを手伝ってくれたのか分からないけれど、私たちはあなたを襲ったりしないわ。

それに、あなたもここに来たということは、カナデと何かお話がしたかったのじゃない？　どうかしら、姿をきちんと見せてもらえる？　そうして、ゆっくりお話をしましょう？』

アビアンナさんは羽に話しかけます。そうしたら、羽が僕から離れました。僕のお尻《しり》は元通り、それと同時に魔力が消えて、僕は床に降りました。羽もしっかり消えています。

でも、ふわふわ、もふもふ、もこもこの羽は消えていません。そして、そのまま羽が飛んできて、僕の頭の上に乗りました。そして頭から――

『ぴゅろろろ、ぴゅいぴゅい』

可愛《かわい》い鳴き声が聞こえてきます。さらに――それから。

『こんにちは』

そう聞こえました。あっ！　この声、さっきの声だ!!

『わあ！　しろいもこもこから、こえがきこえたなの!!』

『あれ、僕、前に本で見たことあるような？』

アリスターは見たことがあるの？　それに、アビアンナさんたちも知ってるみたいです。みんなちょっと待って、僕も小鳥、小鳥なのかな？　鳴き声は小鳥だったんだけど、頭の上だと見えないから、僕の手の上に降りてきてくれないかな？

「えちょねえ、ちぇ、のっちぇくれりゅ？」

『うん』

僕が両方の手のひらをくっつけると、その上に飛んできました。飛んでる姿は小鳥です。そして、僕の手のひらに乗ると、丸いもこもこボールになりました。僕の手にすっぽり入る大きさです。それだけ小さい生き物でした。

う～ん、手のひらに乗ったときは、僕の方を見て座ったと思ったんだけど、もこもこボールになったら、前か後ろかわからなくなっちゃいました。

「うんちょ、いま、まえみちぇりゅ？」

『うん。カナデの方見てる。ボク、カナデの名前知ってる。そこのわんこも。フィルでしょう？それから小さいドラゴンがアリスター。他のみんなも知ってる。隠れて見てたから』

隠れて見てたって、どこで？　まあ、それは後で聞くとして、今僕の方を見て座ってるんだよね？　目や口はどこ？　じっともこもこボールを見つめます。そこに、フィルたちも寄ってきました。

やっと目が慣れてきた頃、とってもとっても小さい目と嘴《くちばし》を見つけました。やっぱり小鳥でした。そして、その顔を見て、地球にいるシマエナガっていう鳥に似ていると思いました。小さくてとっても可愛《かわい》くて、真っ白な、あの鳥にそっくりです。

でも違うところもあります。小鳥が羽を広げたら、もこもこボールのときは分からなかったけど、羽は体と同じくらいの大きさでした。その体サイズの羽を、飛んでいないときは上手く体にくっつけて、丸いもこもこボールになっているようです。

「こんちゃ！　おにゃまえは？」

『ボク、名前ないの』

名前ない？　どうして？

『にゃまえにゃい？』

『うん。えっと、それでね』

『待って！』

話していたら、アビアンナさんが僕たちを止めました。それから、みんなでゆっくりお話ししましょうということで、リラックスルームに移動しました。

僕たちがリラックスルームに入ってすぐ、エセルバードさんたちも来て、小鳥を見た途端ビックリしていました。今日はみんなよくビックリの顔するね。

僕たちはソファーに座りました。小鳥は僕の膝《ひざ》にちょこんと乗ってきます。う〜ん可愛《かわい》いし、手触りがなんとも言えません。

みんなが席について、お茶が運ばれてきたら、まずこの小鳥について聞きました。この小鳥はホフティーバードって言われていて、別名、小さな白い妖精という、とってもとっても珍しい鳥でした。小さな白い妖精。ふふ、なんか可愛《かわい》いしカッコいいね。

あっ、小さいっていうのは本当で、大人になっても今のサイズくらいなんだとか。成鳥でこんなに小さいなんて。ちなみに、歳を聞いたらまだ三歳でした。ただ、それでも僕たちよりお兄ちゃんだからね。

それで、どのくらい珍しいかっていうと、とっても長生きなセバスチャンさんたちが、今日を合わせて三回しか見たことがないくらいだそうです。

あまりに見ることができないから、伝説の鳥として知られていて、出会うことができたら、その人に幸運が訪れるって言い伝えがあるんだとか。

でもそのせいで、いつも狙われている存在でもあるんだそうです。普段どこに暮らしているか、生態は分かっていません。

ホフティーバードそのものは、森だったり岩ばかりの山だったり海だったり、と色々な場所で目撃されています。

でも人前に出てくることはほとんどありません。

そう、だからね。もしか見つかることがあれば……

この世界にも悪い人——鳥を捕まえて無理やり飼ったり、剥製《はくせい》にしたりするやつらがいます。

そのせいで、もうこの小鳥は生存していないんじゃないかとさえ言われていました。今まではね。

だって今、僕たちの目の前にいるもんね。

『ボクは生まれてからずっとここにいたよ。ここには人間も獣人も他の誰もほとんど来ないもん。だからここにいたの。それで時々アリスターやアリスターのお父さん、お母さんたちを見てたの』

『そうなのね。でもそれなら、私たちが気がつくと思うのだけど。このドラゴンの森に住んでいる魔獣たちは、把握《はあく》しているはずなのよ』

アビアンナさんが言います。

『ボクね、気配消せる。だから誰も気づかないの。ほら』

ほらって？　僕が首を傾《かし》げていると、エセルバードさんたちはまたまた驚いていました。エセルバードさんたちは人や、魔獣から出ている気配を感じることができるんだって。

それなのに今、目の前にいるはずのホフティーバードから、気配が完璧に消えたそうです。

あれ？　でもそれなら、どうして僕たちがこの森に来たときは、エセルバードさんたちは気がつかなかったのかな？　だって、気配で分かるんでしょう？　僕たちも僕たちが知らないうちに、気配を消していたとか？

あのとき僕が知らないうちに魔法を使って、フィルたちを強くしたのと同じように。

『なるほど、少しも気配を残さず完璧に消すとは』

『これなら誰にも見つからないはずだよ』

エセルバードさんとグッドフォローさんが感心するほど、ホフティーバードは完璧に気配を消しているようです。でもどうして、そんなホフティーバードが、僕のお尻《しり》を持ち上げてたの？　見つかると大変なんでしょう？　それなのに、僕のお尻《しり》を持ち上げてくれて。

そのおかげで僕の魔法と合わさって、変な格好《かっこう》だったけど浮かぶことができました。

『うんとね、ボク、みんなと遊びたかったんだ。だって、ボクはいつも一匹だったから』

そう言って、ホフティーバードは今までの話をしてくれました。それは、僕たちがこの世界に来る前からの話だったんだけど――

10. 僕たちとホフティーバード

ホフティーバードは気がついたときからずっと、このドラゴンの森で暮らしてきました。どういうことかっていうと、僕たちとちょっと似ています。気がついたらここにいたんだとか。まあ、僕たちは神様にここに送られたんだけどさ。どこで生まれたとか、家族はいるのかとか、全く分からないそうです。

それで、何も分からないまますっと、ホフティーバードはここで生きてきました。気配を消せるから、そんなに危険にあうことはなかったって。姿さえ気づかれなければ、強い魔獣のそばをうろちょろしてても問題なしです。だから、餌《えさ》にも困りませんでした。

ホフティーバードのご飯はなんでもOK。葉っぱから肉からなんでも食べちゃう雑食です。でもお肉が大好きだから強い魔獣の跡をつけて、魔獣が残した肉の残りをいただくなどしてました。

そんな、一匹で過ごす日が一年ほど続いたある日。ホフティーバードは、僕たちが姿を現した場所で、アリスターを見かけました。アリスターっていうか、エセルバードさんたち家族ね。アリスターが人間で言うところの三歳の頃です。家族であの場所に遊びに来てたみたい。

そのときホフティーバードは、楽しそうに遊んでいるアリスターたちを見て、いいなあって思いました。ホフティーバードはいつも一匹でいたからね。

それからは、時々遊びに来るアリスターたちを近くで眺《なが》めながら、自分も一緒に遊んでいる感じを出したこともあったそうです。

例えばアリスターがボールで遊べば、ホフティーバードも近くに落ちている木の実を転がしたり、走り回って遊んでいれば一緒にその辺を走ってみたり。

そうした日が続いた数日前。ホフティーバードは考えていました。アリスターに話しかけようって、それで友達になってもらおうって。

だからあの、アリスターがよく遊びに来る、僕たちの現れた場所の近くで、その日もアリスターを待っていました。

でも、ここで問題が発生しました。そう、アリスターが来る前に、僕たちがいきなり現れたんです。突然綺麗《きれい》な光が溢《あふ》れて、それが消えたと思ったら、そこに僕たちがいました。まさか、僕たちの出現を見ていたなんて。

ホフティーバードは慌《あわ》てて隠れます。それはそうだよね。いきなり今までに見たことがない人間と生き物が現れたらね。

で、そんなこんなしているうちに、僕たちは魔獣に襲われたり、アリスターと出会ったりしました。そして僕たちが移動を始めると、ホフティーバードも僕たちを追いかけます。様子を見ようと思ったんだって。

そうしたら、あの僕の台風の洗濯物と、プロペラぐるぐる。フィルとアリスターのコンビ攻撃を見て、『僕もやりたい！』って思ったそうです。

アリスターのことはずっと見てきたから、優しいドラゴンって知ってるけど、僕たちのことは、初めての人間と生き物です。だから、少し様子を見ることにしました。

里に着いて、隠れて通れる場所を探して無事に中へ入ることに成功します。それからは僕たちの行動を観察しました。遊園地、じゃなかった、公園で遊んでるところも見てたみたいだよ。

あとは、寝るときは僕たちの部屋の、窓の縁《ふち》のところで寝てたんだって。時々中を覗《のぞ》きながらね。

僕もフィルも、エセルバードさんたちだって、誰もそのことに気がついていませんでした。それだけ本当にしっかりと気配を消せるなんてすごいよね。

そして一昨日《おととい》、僕たちに近づいても大丈夫と判断したホフティーバードは、ついに声をかけようと決めます。最後にもう一度だけ、僕たちを観察していました。その日の夜、僕の声が——

「かりゅくしゅりゅ、いいほほ、にゃい？」

『……僕ならできるかも』

そう、あの空耳だと思っていた声が、やっぱりホフティーバードの声でした。少しだけなら自分が掴《つか》んで飛べば、僕の体が軽くなるかもって思ったそうです。

僕の独り言から、そんなふうに考えてくれていたなんて。

その後、ちょうどいい瞬間が来ます。そう、僕のあの、魔法の小さい羽が生えたときです。僕の魔法だと爪先くらいしか浮きません。なら腰のあたりにくっつけば、二人で上手く浮けるかもって。ドキドキだったけど、出てきて手伝ってくれたんです。

『そう、色々あったのね。それで私たちの前に出てきてくれた』

アビアンナさんがホフティーバードに優しく語りかけます。

『うん。ボク、ずっとアリスターたち見てた。それでいいドラゴンだって、ボクをいじめないって分かってた。だからお友達になりたかったんだ』

『僕、お友達になるよ！　すぐになろう！　うん、もうお友達!!』

『アリスター、ありがとう!!　でもねボク、カナデたちともお友達になりたいの。ボクとお友達になってくれる？　そしたらいつでもお尻《しり》持ち上げるよ？』

別にお尻《しり》のことはいいのに。お友達になるのに、そんな見返り求めないよ。僕はホフティーバードを手のひらに乗せて、ホフティーバードの目を見つめます。隣のフィルも一緒ね。

「べちゅに、もちあげにゃくちぇいい。しょれちなくても、おちょもだち!!」

『おともだちなのぉ!!』

『お尻《しり》いいの？』

「うんちょ、やっちぇもらいちゃいけど、でもそれにゃくても、おちょもだちににゃれりゅ。おちょもだちはおちょもだち」

『ねえ。お友達ってね、別に自分だけが相手に、何かしてあげなくてもいいのよ。ただ一緒に遊んで、お話しして。でももしその大切なお友達が、何か困っていれば、助けてあげるの。そしてそれは相手も一緒。みんながみんなを支えて、助け合うのよ。だから、自分だけが何かしようと考えなくていいの』

アビアンナさんがつけ加えてくれました。

『ボクだけじゃない？』

『ええ。アリスターもカナデもフィルも、みんなそう。もしあなたが困っていることがあれば、助けてくれるわ。ね。みんなそうよね』

『うん！　僕、助けるよ！』

『ボクも！　……なにを？』

フィルはあんまりよく分かってないようです。でも、フィルだったら大丈夫。そして、もちろん――

「ぼくも、ぼくもたしゅける！　それでしょのあと、まちゃいっぱいあしょぶ！」

『うん、いっぱい遊ぶ!!』

『あそぶなの!!』

『お友達、助ける、遊ぶ……』

ホフティーバードが静かになりました。

ホフティーバードが考える間、僕たちは静かに待ちます。大丈夫だよ、ホフティーバードは色々心配していたけど、いじめられるとか、何かしなくちゃ友達になれないとか、そんなことは絶対にないからね。

でも、今までずっと、まだまだ小さい小鳥なのに、ずっと一匹で暮らしてきたんだから、確かに色々なことが心配のはずです。

僕たちはホフティーバードをいじめないよ。それよりも、一緒にいっぱい遊んだ方が楽しいんだから。

それに、アビアンナさんが言った通り、友達に見返りなんて一切必要なしです。そんなものがなくったって、誰だって友達になれます。

友達になったら、まずはホフティーバードがやりたいことをやらせてあげたいな。いつも一匹で、アリスターが遊んでいるのを真似《まね》していたみたいだし。ボールで遊んだり、鬼ごっこしたり。そうだ！　そうなると、ホフティーバードが遊べるくらいの、ボールが必要になるよね。

他にも色々合わせてあげなくちゃ。僕じゃないけど、潰《つぶ》されたり、飛ばされたりしたら大変だよ。

このとき、僕はホフティーバードが話していた内容を、すっかり忘れていました。最初の方、僕の台風の洗濯物と、プロペラくるくるのことね。思い出して、止められれば良かったよ。――名前のこと。

少し経って、ホフティーバードはテーブルの上に移動しました。僕、フィル、アリスターもきちんとソファーに座って、ドキドキしながらホフティーバードの答えを待ちます。

『何もしなくても友達？　いっぱい遊ぶ？　ずっと友達？』

「うん！　ちょもだち！」

『いっぱいあそぶなのぉ!!』

『ずっと友達だよ!!』

『……そか。えと、カナデ、フィル、アリスター、僕のお友達になってください！』

「うん!!」

『おともだちなの！　うれしいなあなの!!』

『もう、最初のお話のときからお友達！』

僕たちはみんなで拍手《はくしゅ》です。ホフティーバードもニッコリ笑って、体を左右に揺《ゆ》らしながら、とっても可愛《かわい》い声で鳴きました。

それからすぐに、ホフティーバードがあれをやってみたいって言いました。何かなと思ったら、僕たちが肩を組んでから手を上げて『やったあ!!』ってするやつのことでした。

うんうん、やろうやろう!!　でも、どうしようか？　サイズがね。ボールやおもちゃなんかだったら、サイズを合わせてあげられるんだけど。さすがにホフティーバードの体を大きくするわけにはいかないし。かと言って僕たちが小さくなるわけにも……これでも、僕は小さくなってるもんね。

どうしようかみんなで考えていると、ホフティーバードが、『じゃあ、ボクは頭の上でやったあ！でいいよ』って言いました。よく分からないまま、とりあえず今まで通り僕とフィルとアリスターで肩を組みます。その後、ホフティーバードが中心にいる僕の頭に乗っかります。

頭の上でモゾモゾ動く感覚がして、それが止まったと思ったら、いいよって返事がありました。

『カッコいいポーズなの!!』

『うんうん、羽と足がいい感じ』

え〜、僕は見えなくて、ちょっとぶすっとします。そこへ、急いでアリアナさんが鏡を持ってきてくれました。それを見たら——

ホフティーバードは小さい小さい脚を出しています。それから両の羽もバッと開いて、ポーズをとっていました。顔はねえ、こうニヤッとしている感じ。可愛《かわい》い顔になんか合わなくない？　ニヤッって。

まあ、本人がいいならいいし、カッコ可愛《かわい》いからいいんだけどね。

「みんにゃ、いちょ！」

『初めてのやったあだね』

『うれしいやったあなの！』

『お友達になってくれてありがとう!!』

「やっちゃあ!!」

『やったあなのぉ!!』

『『やったあ!!』』

四人揃ってのやったあ！　バッチリ決まりました。これで、完璧にお友達だね。

と、そうそう、大切なことを聞かないとね。そう、ホフティーバードの名前のことです。名前がないってさっき言っていたけど、じゃあみんなはなんて呼んでるの？　いや、一匹で暮らしていたんだから、問題はなかったかもしれません。でも、僕たちとこれから一緒に遊ぶんだから、名前があった方がいいよ。『ねえ』とか『ちょっと』とか『おい』とか、それじゃあね。

それで、嬉しくて長い間やったあをしていたホフティーバードが、ようやく僕の頭から下りてきたところで、すぐに名前のことについて聞いてみました。そうしたら新事実が判明します。

エセルバードさんが教えてくれたんだけど、普通、そこまで力のない魔獣たちには名前がないそうです。一匹とか二匹とかじゃなくてほとんどがね。群れによっては、一匹も名前がない魔獣もいるんだとか。

もちろんとっても力が強いとか、とっても珍しい魔獣とかには、名前がある魔獣が多いみたい。ちなみにドラゴンでも、色々な種類のドラゴンがいるからね。名前のないドラゴンもいっぱいいるようです。この里のドラゴンたちはみんな名前があります。

ホフティーバードも珍しい鳥とはいえ、ずっと一匹だったからね、今まで必要なかったんだろうって。

まさか名前がない魔獣がいるなんて思ってもみませんでした。あれかな、僕が地球でまとめて牛とか羊とか、そういうのと同じ感じなのかな？

「でも、こりぇかりゃ、いちょ。にゃまえ、あっちゃほいい」

『おなまえたいせつなの！　ボクのたいせつなおなまえは、カナデがかんがえてくれたなの！』

『僕の名前はとう様とかあ様！』

「だかりゃ、ど？　にゃまえかんがえりゅ」

『名前……』

ホフティーバードは考えはじめます。でもさっきの友達を考えるときよりも、早く答えてくれました。

『名前、ボクの好きな名前でいい？』

自分の好きな名前？　もちろんだよ！　何か好きな名前があるの？

「しゅきにゃ、にゃまえ、いい！　しゅきが一ばん！」

『どんななまえなの？』

『カッコいい名前？　可愛《かわい》い名前？』

『――クルクル』

みんなが静かになりました。え？　今なんて言ったの？　クルクルって言った？

『ボク、クルクルがいい』

うん、僕の聞き間違いじゃありませんでした。え？　どうしてクルクル？　そう思ったのは、僕だけじゃなかったようです。エセルバードさんもちょっと困り顔で、どうしてその名前なんだって、ボソッと言います。グッドフォローさんも、随分独特な名前だねえってつぶやいています。

そんな中、アビアンナさんが、ホフティーバードに聞いてくれました。

『ねえ、どうしてその名前がいいのかしら？』

『あのねえ、ボク、カナデを見てて、とっても楽しそうって思ったんだ。それでね……』

ホフティーバードは、フィルたちが攻撃したときに、アリスターに掴《つか》まれていた僕がクルクル回っているところも、しっかり見ていました。僕と友達になりたいって思ったのも、それが理由の一つみたい。

ホフティーバードは、回るのが好きなんだって。

ここに来るまでに住んでいた場所の木に、つるを引っかけて、それに掴《つか》まって勢いをつけて、ふりこじゃないけど、それでクルクル回ったり。長いつるじゃなくて、短いつるを巻きつけて、シュンシュンシュンッって、勢いよく縦に回ったり。いつもそうやって遊んでたそうです。

この里に到着したときも、公園のコーヒーカップや、プールに浮かんでいた、忘れられた浮き輪とかで、誰も見ていないときに遊んでたんだとか。よくコーヒーカップ動かせたねって聞いたら、葉っぱをうまく丸めて、コーヒーカップみたいにして遊んだって言いました。今はメリーゴーランドに乗りたいそうです。

まあ、それは今度遊びに行けばいいんだけど。それくらいホフティーバードは、クルクル回って遊ぶのが大好きなようです。だから、名前はクルクルがいいんだって。

『う〜ん、ホフティーバードが、それがいいって言うならいいんだけど、でももう少し名前って感じの方が良くない？』

僕の思っていたことを、そのままアビアンナさんが聞いてくれます。でも、ホフティーバードはこれがいいそうです。

しかも、フィルとアリスターが、『可愛《かわい》い名前、クルクルなのぉ！』って、ホフティーバードと盛り上がっちゃったんです。

それを見ていた僕も――まあいいか。せっかく自分で考えた、気に入っている名前がいいもんね。だって、こんなに喜んでるんだよ、うん、ホフティーバードの名前はクルクルだよ――って思いました。

エセルバードさんたちを見れば、少し苦笑いをしていたものの、ホフティーバードがそれでいいならいいかって顔をしてました。

うん、ホフティーバードの名前決定!!　クルクルです!!

「くりゅくりゅ、きょかりゃ、くりゅくりゅ！」

『うん、ボクの名前は今日からクルクル。えへへ、嬉しいなあ』

名前が決まって、また僕たちはあの嬉しいときのポーズをします。こうして無事にクルクルの名前は決まりました。

クルクルと友達になって、次はクルクルの住む場所の話をします。ほら、今は僕たちの部屋の窓の縁《ふち》に住んでるって話でしたから。エセルバードさんが『そんなところにいないで、お屋敷で暮らせばいい』って言ってくれました。

部屋はもちろん、僕たちと一緒。それを聞いたクルクルはまたまた大喜びです。もちろん僕たちも大喜びしました。だから、それからすぐに、クルクルの生活用品を準備してもらいます。

ベッドでしょう、クッションでしょう、クルクルが羽の中に隠して持ってきていた、クルクルの宝物を入れる、可愛《かわい》い箱も用意してもらって。あっ、あの、部屋の中の新しい遊び用の家にも、ベッドやクッションを入れてもらいました。

あとは家の中でも、クルクルがクルクル回って遊べるように、明日からちょっとずつ色々な場所に、遊び道具を作ってくれるって。それを聞いて、クルクルはまたまた大喜びです。良かったね、クルクル。

部屋の準備も一応終わって、その後はささっとお屋敷の中を案内して、なんだかんだともう夕方です。もうすぐ夜のご飯ってことで、それまで少しの間、アリスターの遊び部屋で遊んだんだけど……

「ぬにょおぉぉぉ～!!」

『わお～なのぉ!!』

『クルクル～!!』

『もっとクルクル回るよ！　クルクル～!!』

僕は今、クルクルと回っています。アリスターが僕の手を掴《つか》んで、クルクルは僕の洋服を掴《つか》んで、そのままクルクルとアリスターがコマみたいに回ります。

『ボクもいっしょなの!!』

僕たちの周りをぐるぐる走っていたフィルが、タイミングを合わせてジャンプ。そして、僕の足に上手にしがみつき、みんなでクルクル回ります。

そんな僕たちを、アビアンナさんやアリアナさんが、ニコニコ笑いながら見ています。

クルクルがね、みんなでクルクルをやりたいって言ったんです。そう、あのプロペラのクルクル。もちろん、それは待ってって言おうとしたんだけど……でもどうしてだろう。クルクルやジャンプに関しては、いつもみんな、僕の話を聞いてくれないよね。けっきょくそのときも、みんなは僕の声に気づいてくれませんでした。

でもアビアンナさんが、プロペラの方は勢いをつけないといけないから、それを部屋の中でするとアリスターがまた壁を壊しちゃうかも。だから、コマみたいにその場で回るやつにしましょうって。というわけで今、コマみたいにクルクル回っています。

そして、僕のこの叫《さけ》びです。でも、みんなは僕が喜んでると思っているようです。だからね、僕は喜んでるわけじゃないんだよ。はあ、ジェットコースターとかは平気なのに、これは。

いつか慣れるかな？　だって慣れないと大変。クルクルはクルクル回るのが好きだし、みんなも大好き。早く慣れないと、体がもたない気がします。

この調子だと、明日はプロペラのクルクルをするんじゃ？　もし回りたかったら、公園のコーヒーカップとかメリーゴーランドとかにしない？　乗りたいって言ってたでしょう？

「みにょおぉぉぉ!?」

『くるくるなのぉ！』

『ふへへ、楽しいねえ。クルクル～!!』

『もっと回るよ、クルクル～!!』

右に左にクルクルクルクル。ねえ、そろそろ終わろうよ。

＊

私――エセルバードは今、会議室に集まり、あることについての話し合いをしていた。

『神の愛し子』のカナデと、その家族のフィルが私の屋敷にやってきて数日。まさか今度はホフティーバードがやってくるとは思いもしなかった。私は以前一度だけ見かけたことがあったのだが、それもきちんと確認できたわけではなく、他の鳥がそう見えただけかもしれないくらいの曖昧《あいまい》なものだ。

セバスチャンでさえ三回しか出会ったことがないくらい、とてもとても珍しいホフティーバードが、アリスターたちの友となり、私の屋敷の住むことになった。

はあ、カナデに続いて、クルクルのことも、里のドラゴンたちに知らせなければ。この里には、クルクルに危害を加えるようなドラゴンはいない。

みんなでカナデ、フィルに加えて、クルクルも守らなければ。

それにしても、どうしてこんな短期間で、これほどの者たちが集まった？　しかも、みんなまだかなり幼く、本人たちだけでは到底里から出せない。いや、それよりも早く護衛をつけなければ。

カナデとフィルには、二人のことを確認後、すぐに護衛について考えており、今私の直属の部隊から選出している最中だ。

全属性持ち、おそらく規格外の魔力量、そして『神の愛し子』。全てを含めて、必ずカナデたちを守れる護衛を選ぼうと。話し合いは少々難航しているが、明日、明後日には決まると思っていたのだが……

クルクルが加わり、危険が増した。護衛は一人選ぼうと考えていたのだが、一人では足りないだろうか？

『あいつなら大丈夫じゃねえか？　今のとこ、自由に動けて、実力もあるのはあいつだけだ』

今話しているのは、このドラゴンの里の第二部隊隊長、リゴベルトだ。

『やつなら一羽鳥が増えようが問題はない』

リゴベルトはそうつけ加える。

『ですが彼は来週にも、引退された第四部隊副長のスカーの代わりに、副長に任命される予定でした。もし彼を選ぶのなら、代わりの副隊長を選ばなければ』

今のは第三部隊隊長、トラビスだ。他に第四部隊、第五部隊の隊長が集まっている。それと、グッドフォローだ。

『それなら、そっちを選んだほうが早いだろう。あの坊主《ぼうず》を守る護衛を選ぶ方が大変だからな』

『リゴベルト、坊主《ぼうず》じゃない。カナデだ』

すぐに私は注意した。リゴベルトはいいやつなんだが、口が悪くて困る。

『いいじゃねえか。本人がかしこまるなって言ってるんだろ。で、どうなんだ？　お前はどう思う』

『なるべく早く護衛をつけたいからな』

『なら選び直すのは副隊長だな。どうだ？　誰かいるか？』

それからも話し合いは続き、夜中になんとか結論を出すことができた。

次の日の早朝、私は彼を屋敷に呼んだ。決まったのならば、すぐにでも動きたい。それに、とろとしていては、またアリスターたちが外へと遊びに行こうとするだろう。アリスターたちには今日、明日は、屋敷の敷地から出ないように言っておいた。

みんなブスッとした顔をしていたが、こればかりはな。護衛をつければ、私たちがついていられないときでも、里の中ならば自由に遊べる。アリスターたちも早く自由に遊べた方がいいに決まっているからな。

『旦那様、クラウド様がいらっしゃいました』

『ああ』

セバスチャンに返事をすると、すぐに呼んだ相手が部屋に入ってきて私に敬礼をした。長い話になるため、ソファーに座らせる。そして、すぐに話を始めた。

『今日お前をここに呼んだのは、大切な仕事を頼みたいからだ』

『それは副隊長としての、初の仕事ということでしょうか？』

『いや、そうではない。なんと言っていいか。実はな、まず最初に、お前の副隊長になるという話はなくなった』

『!!　それは一体……私が何か問題を？』

『いや、そうではない、そうではないのだが。どうしてもお前にしか頼めない、別の大切な仕事ができてな。お前以外に、その仕事は任せられないのだ。そしてその仕事をしながら、副隊長との両立は難しい。だから、副隊長の話はなくなったんだ』

『それは……それほどに大切な仕事なのですか。私の実力がないと判断されたのではなく？』

『お前の実力はみんな認めている。だからこそ、この仕事を任せるんだ』

クラウドは私の話に、なんとも言えない顔をしている。それはそうだろう。来週には副隊長に任命されるはずだったのだ。だが、これからの話を聞けば、クラウドも納得してくれるだろう。

クラウド。彼は私の里の部隊員の中で最年少で、人間で言えば二十二歳になる。が、最年少ではあるが、魔法に剣にと全ての才能を持ち合わせている。

将来はこの里を率いるドラゴンになるだろう、間違いなしの人物だ。経験こそ浅いが、クラウド以上に、今カナデたちを任せられる者はいない。

私は話を続ける。

『それでだ、仕事をする上で隠すことはできないからな。ささっと本題に入るが。実は数日前に「神の愛し子」様が、神より遣わされた』

『「神の愛し子」様が!?　まさかそのようなことが！　申し訳ございませんが、遣わされたという方は、本当に「神の愛し子」様なのですか？』

『ああ。今までのことから、それは確実だろう』

『まさか、「神の愛し子」様が……ですが、私の今回の仕事の話と、「神の愛し子」様と、どのような関係があるのです？』

『お前の仕事というのはな、その「神の愛し子」様の護衛をしてもらいたいのだ』

『!?』

このときのクラウドの表情を、私は忘れないだろう。

『まあ、そういう表情になるよな。だが、これは嘘でも冗談《じょうだん》でもない。お前には「神の愛し子」様の護衛をしてもらう。これは決定事項だ』

11. 新しいドラゴン、クラウドさん

クルクルとお友達になって、夜の僕たちの部屋は賑《にぎ》やかになりました。一人と一匹から、一人と二匹になったんだもんね。アリスターにおやすみなさいをしてからも、僕たちは毎晩ちょっとだけ遊んだり、お話ししたりしていてね。ただそれが、昨日はだいぶ長くなっちゃいました。

今日の朝、一応ちゃんと起きられたんだけど、僕もフィルたちも目がしょぼしょぼです。クルクルなんて、毛のもこもこで元々顔が見えにくいのに、目をしょぼしょぼさせているから、余計に見にくくなっています。

初めて出会った日や僕の手のひらに乗ったときも、最初どっちが顔か分かりませんでした。でもその後は慣れて分かるようになったのに、今日はそれ以上に、分からなくなっていました。

それでアビアンナさんに、初めて怒られてしまいました。夜はしっかり寝なさいって。うん、それについてはしっかりと謝りました。みんなでね。クルクルなんて、僕たち以上に騒いでいたからね……

クルクルの遊び場を作る予定だけれど、場所とか素材とか、色々考えないといけないから、すぐにはできません。でも、ぜんぜんないのもね。

だから昨日、僕たちの部屋の壁に木の棒を取りつけて、そこに短いロープをつけて。クルクルが掴《つか》まって回れるようにしてもらいました。

そうしたら、おやすみなさいって言ってからも、止まらなくなっちゃってました。僕たちが寝たあとも一匹で回ってたみたい。扇風機みたいに、シュンシュンシュンッてさ。あんまりやりすぎて目が回ったって、朝起きたときに聞きました。

その影響も残っていたのか、クルクルはごめんなさいって謝ったときに、ふらふらふら～って、変な方向に進んでました。そしてそのままコロコロ転がって、壁にぶつかって止まります。本当にボールみたいでした。

しかも、その後もう一つショックなことがありました。公園に行って遊んでもいいですかって、みんなでお願いしたところ、数日は公園は行っちゃダメだって。それどころか、エセルバードさんの敷地からも出ちゃダメって言われてしまいました。

僕もみんなもガックリです。一番ガックリしているのはクルクルでした。ようやくみんなと友達になって遊べると思ってたからね。

ただ、エセルバードさんたちによると、何かとても大切なことを決めているみたいです。それが決まるまで待って欲しいんだとか。もしかして僕たちのこと？　なんとなくそう思った僕は、フィルたちと話しました。

公園で遊べないことや、里の別の場所で遊べないのは残念だけど、お屋敷やお庭だって遊園地——じゃなかった、公園みたいです。なにしろ一日で、敷地全部回れないからね……だからいっぱい遊べるよって言いました。

そうしたらみんな、すぐに元気になります。それまで転がって話を聞いていたクルクルも、起き上がって部屋の中をグルグル飛び回りました。だからその日はとりあえず、お屋敷巡りをします。

そして、次の日はお庭で遊ぶことに。あのね、お庭にブランコ一人バージョンと、四人で向かい合わせで乗れる、四人バージョンのブランコを作ってもらいました。大人ドラゴンは乗れないけど、小さい僕たちには、小さいブランコで十分だもんね。

ニコニコの僕たちがそのブランコに乗っているときでした。もうすぐお昼ご飯かなあ、なんて話をしていたら、向こうからエセルバードさんとストライドさんが歩いてきました。他にも見たことのないドラゴンが歩いてきます。

『あ！　クラウドだ！』

クラウド？　アリスターは知ってるドラゴンみたい。とっても綺麗《きれい》な漆黒《しっこく》のドラゴンでした。

『アリスター、カナデたちも、ちょっとこっちに来てくれ』

エセルバードさんに呼ばれて、みんなでわあっと、エセルバードさんたちの前に走っていきました。そしてまずは漆黒《しっこく》のドラゴン、クラウドさんにみんなで挨拶《あいさつ》します。

「こんちゃ！」

『こんにちはなの！』

『こんにちは！』

『こんにちは、今日はどうしてここにいるの？　訓練の日じゃないの？』

『その話をするんだ。みんな、ちょっと場所を移動するぞ』

エセルバードさんに促され、僕たちはそのままテラス席に移動します。お茶が運ばれてきてお話し開始です。

『実はな、クラウドをカナデたちにつけようと思ってな』

『つける？』

『お前にもジェロームがついているだろう？　今は二週間の定期訓練でいないが』

『あっ、そっか。カナデたちの護衛だね！』

『ああ、そうだ』

護衛？　護衛ってあの？　偉い人たちを守る人のことだよね。いや、他にも色々護衛の仕事はあるだろうけど。

『あのね、僕には本当はいつも一緒にいて、僕を守ってくれる護衛がいるんだよ。ジェロームっていうの。今は訓練に行ってていないけど、いつもはいるの。えっとねえ、僕は僕だから護衛がいるんだよね、とう様』

え？　アリスター、どういうこと？　ん？

『はは、アリスターの説明ではな。それに、カナデたちに難しい話は分からないだろう。簡単に言えば、私たちがいないときに、カナデたちを守ってくれるドラゴンということだ』

やっぱり、そういうのだよね。でも、どうして僕たちに護衛がいるのかな？　だっていつも、セバスチャンさんやマーゴさん、アリアナさんが一緒にいてくれて、僕たちが迷子にならないように、怪我《けが》をしないように、見てくれているよね。

『カナデ、フィルたちも聞いてほしい。護衛はカナデたちを守るためなんだ。もちろんアリスターだって、同じような理由で護衛をつけているし、実は私にも、見えないところで護衛が数人ついている』

え!?　エセルバードさん、そうなの!?　どこ?　僕は思わず周りをキョロキョロします。

『ははは、見えないところだと言ったろう?　さすがにカナデたちに見つかっては、私の護衛の意味がないからな』

エセルバードさんはこの里で、そしてこの森で一番強い存在です。だから本当だったら護衛はいりません。だってどんなに攻撃されたって、エセルバードさんには敵《かな》わないんだから。

でもね、それが絶対ってことはありません。何かが原因でエセルバードさんにもしものことがあれば、この森の均衡が崩れちゃう可能性もあります。だから見えないところで、いつもエセルバードさんを見ていて、守ってくれているんだそうです。

ただ前回、ちょっと揉《も》め事《ごと》があったときは、早く逃げろって言われたのに、エセルバードさんが先頭に立って、戦っちゃったみたいです。その後、みんなからとっても怒られたんだとか。

特にアビアンナさんに、ね。戦闘では怪我《けが》をしなかったのに、アビアンナさんのお叱《しか》りで怪我《けが》をしたって。

それってどうなの？　僕は思わずエセルバードさんを見ちゃいます。

『カナデ、そんな残念そうな顔するな。あれは確かに私が悪かったと反省しているんだ』

ダメだよエセルバードさん、せっかくみんなが護衛してくれているんだから。勝手な行動は、護衛のドラゴンさんたちからしたら迷惑だと思います。

あともう一つ、エセルバードさんに護衛がつく理由がありました。それはこの里のドラゴンたちがみんな、エセルバードさんのことが大好きで、大切だからなんだって。話が終わってから、アビアンナさんがこそっと教えてくれました。

これを言うと、エセルバードさんは恥ずかしがって、嬉しがるんじゃなくて、怒るみたい。だから、こそっと教えてくれたの。

護衛は、アビアンナさんとアリスターにもついています。アビアンナさんは、もちろんエセルバードさんの奥さんだし、エセルバードさんの次にこの里で強いドラゴンだから。場合によっては、まあ、里一番だけど。

アリスターに護衛がついているのは、もちろんエセルバードさんたちの家族だからです。それに、僕たちよりはお兄ちゃんでも、まだまだ小さなドラゴンだもん。里で一番ね。だから、隠れている護衛の人たち以外に、いつもそばにいてくれる護衛のドラゴンがいます。

ただ、今はいません。ジェロームさんっていうそのドラゴンは、今は訓練に参加してるんだって。

護衛の仕事はどんな出来事にも、素早く反応できないとダメです。それに、戦闘能力も高くないといけません。もちろん、全てにおいて完璧な護衛さんたちでも、日頃の訓練は欠かせません。しかし護衛の仕事をしながらの訓練だと、どうしても訓練のレベルが抑えられちゃうそうです。だから、体がなまらないようにするためにも、定期的に激しい訓練を二週間、みっちりするんだとか。

一方、僕たちにも護衛を用意してくれた理由は、僕が『神の愛し子』だからで、フィルはとっても珍しいフェンリルだからです。しかも、まだまだ生まれたばかりの赤ちゃん。フェンリルは大きくなればほぼ無敵だけど、今はそうもいきません。

そしてクルクルです。伝説と言われるほどの魔獣だからね。攫《さら》われたり、剥製《はくせい》にされたりする心配があります。

そんな僕たちに、護衛をつけないわけにはいかないそうです。

フィルやクルクルのことは分かるものの、僕は？　エセルバードさんたちが最初、僕が『神の愛し子』って分かったとき、とっても驚いて敬語になったこともありました。僕は、そんなに特別な存在なのかな？

『カナデ、ここに来たばかりで、しかもとても小さいから、今の自分のことについて、よく分かっていないと思う。が、カナデはこの世界にとって、とても大切な存在なんだ。今は分からなくてもいいから、護衛だけはつけさせてくれ』

う〜ん。エセルバードさんがそこまで言うなら。それに、フィルとクルクルを守ってもらえるなら、僕も安心だしね。

『あまり分かってなさそうだが、まあ、これからは一緒に過ごすということだ』

うん、それでいいよ。というか神様、僕を普通の人にしておいてくれればいいのに。変なものをステータスに表示するから、エセルバードさんたちに迷惑かけちゃってるよ。これも、今度会ったときに怒らなくちゃ。

『よし、じゃあまずは挨拶《あいさつ》からだ。クラウド』

『はっ‼』

漆黒《しっこく》のドラゴンが一歩前に出て、敬礼をします。

『私の名はクラウド。「神の愛し子」様、フェンリル様、ホフティーバード様の護衛になれたこと、大変嬉しく思います。護衛に任命されたからには、命をかけて皆様をお守りします！』

「…………」

『『…………』』

周りがし〜んとなりました。う〜ん、なんか硬い。そして重い。フィルとクルクルに関しては、よく分かってなくて、でも力強く何か言われたもんだから、ぽか〜んとしてます。

『……おい、挨拶《あいさつ》が硬すぎるぞ。みんな固まっているじゃないか。こうもっと柔《やわ》らかくだな……

ジェロームみたいに』

エセルバードさんが突っ込みました。

『やつの真似《まね》など！』

『はあ、そうか。だけどな、それじゃあカナデたちがな』

あ、もしかして緊張してるのかな？　それであんな硬い挨拶《あいさつ》になっちゃった？　こういうときは僕たちが緊張をほぐしてあげなくちゃ。だって、これから僕たちのそばにずっといてくれるんでしょう？　それなのに、硬いままじゃ疲れちゃうよ。

「えちょ、こんちゃ！　あにょ、よりょちくおねがちましゅ！」

僕も挨拶《あいさつ》をしました。

『よろしくおねがいしますなの？』

事情を飲み込めていないフィルが聞きます。

「うん、これかりゃ、じゅといっちょにいりゅんだっちぇ」

『ずっと一緒？』

今度はクルクルです。

「うん！」

『そか、ずっといっしょ。ん？　おともだちなの？』

『う～ん、ちょっと違うかも？　守ってくれるって、さっき言ってた。でもずっと一緒なら同じかも』

フィルの疑問にクルクルが答えます。

『ふ～ん？　なの。でもずっといっしょ、よろしくなの！』

『よろしくね～』

『よろしくお願いいたします‼』

クラウドの返答が……う～ん硬い、硬いよ。そのうちもっとこう、肩の力を抜いてお話ししてくれるかな？

＊

その日の早朝、隊長にエセルバード様のところへ出向くように言われ、私──クラウドはすぐに部屋を出た。こんな早朝に？　何かあったのかと隊長に聞いたが、ちょっとした事件は起きたが、問題はないとのこと。そして早く行けと言われた。

エセルバード様に呼び出される理由。考えられるのは、私の副隊長任命について。今はそれしか思いつかなかった。一ヶ月前に正式にではなかったが、次の副隊長は私に決まったと聞かされ、私は力を認めていただけたことが、とてもとても嬉しかった。

小さい頃からエセルバード様のご活躍を拝見し、いつかエセルバード様に仕えたいと、毎日訓練に明け暮れ、そして最年少でドラゴン騎士として部隊に入ることができた。そんな私が次は副隊長に。しかし……

私は気づかないうちに何かをしてしまい、それがエセルバード様のお耳に入り、副隊長任命はなくなったと言われてしまうのでは。

そんな不安がよぎった。しかしよく考えても、私はいつも通りの生活しかしていない。悩んでいるうちに、エセルバード様の執務室に着いてしまった。

大きく息を吸い、ドアをノックすると、エセルバード様の声がした。すぐに部屋に入ると、エセルバード様はいつもの表情をされている。ソファーに座るように言われ、私が座るとすぐに話が始まった。

そして、不安が的中した。私の副隊長任命はなくなる。代わりに、別の任務が与えられた。『神の愛し子』様と、そのご家族、ご友人の警護。それが私の新たな任務だという。

副隊長どころの話ではない。そのような失敗が許されない、だが誰も彼もができない、とても素晴らしい任務に、私を選んでくださるなどとは。

『神の愛し子』様の話は、まだ特定の者たちしか知らず、他言無用ということだった。宿舎に戻った私は、同僚のドラゴンたちに色々聞かれたが、なんにも答えずに荷物をまとめると、すぐに新しく用意された部屋へと移動する。

この話を父上、母上に話せたら、どんなに喜んでもらえるだろう、いつか話せる日が来るのだろうか。

そしてついに『神の愛し子』様、そしてご家族、ご友人にお目にかかるときが来た。

今『神の愛し子』様、いやカナデ様は、ご家族のフェンリルのフィル、そして友人の伝説の鳥、ホフティーバードのクルクルと、私の背中を滑《すべ》り台《だい》に遊んでいる。アリスター様もご一緒に。

なぜだろう、私が考えていたものとは、どうにも違うような？　いや、カナデ様をお守りする、それは私にとって、これからの全てなのだが。

最初『神の愛し子』様と呼んだら、それはダメだとカナデ様に言われてしまう。エセルバード様にも、周囲に知られたらまずいだろう、と。それはそうだ。私も気持ちが昂《たかぶ》っていて、気がつかなかった。ならばと、カナデ様とお呼びしたのだが、今度は『様』がいらないと言われてしまう。

こればかりはとお断りをしたら、機嫌を悪くされてしまった。エセルバード様がこれは決まりみたいなものだからと、なんとかカナデ様に納得していただいたのだが……

その後、初めましてだから、遊ぼうと言われてしまい、どうしようかなと考えていたら、エセルバード様に親睦《しんぼく》を深めるためだろうと促された。どちらにしろ、カナデ様にそう言われれば、私に拒否権はないのだが。

そうして最初は、私の皮膚《ひふ》を観察したり、爪で遊んだり、色々したあと、最後にはこうして今のように私の背中は滑《すべ》り台《だい》になった。

「びゅー!!」

『わお〜んなの!!』

『今度は転がりながら!』

『みんなで一緒に!』

「ありゃあぁぁぁ!!」

なぜか、みんなで滑《すべ》るのではなく、転がりながら下りていった。なぜ?

『力が抜けたみたいだな』

エセルバード様に声をかけられてから、自分でも変化に気づく。確かにここへ来たときはかなり緊張していたが、今は違う。

『カナデたちがこの調子だからな。確かにこの任務は大切なものだ。だが、お前の緊張がカナデたちに伝わったら? 小さい子供というのは、そういう感覚に敏感《びんかん》だ。だから、カナデもお前の緊張をほぐそうとして遊んでいるんだ』

ああ、そうだったのか、私がカナデ様に気を遣わせてしまったのか。

『気を抜きすぎるのは問題だが、それでも今くらいの雰囲気《ふんいき》で、カナデたちには接した方がいいだろう』

『……はい』

「みにょおぉぉぉ!!」

『あっ！　カナデがころがりすぎちゃったなの！』

『わあ、止まらない!!』

『クルクル!?』

私の背中で騒ぎが……

これが私とカナデ様との出会いだった。

私の運命はここから大きく変わっていった――

キャラクターデザイン大公開!

カナデ

好きなもの	もふもふしたもの、 もふもふした生き物。 フィルにくるまって寝るのが 大のお気に入り。
嫌いなもの	特になし。
特　技	羽魔法。
残念に思っていること	歳については 受け入れているものの、 チビなのがなんとも……

フィル

好きなもの	カナデ、アリスターと遊ぶこと。 庭で虫や小鳥との追いかけっこ。 カナデが大好き。カナデに撫でられるのも大好き。
嫌いなもの	特になし。
特　技	アリスターと一緒に、魔獣を倒すこと。
残念に思っていること	まだカナデを上手に 背中に乗せられないこと。

クルクル

好きなもの	カナデ、フィル。 クルクル回ること。 棒を掴んで連続で逆上がりをしたり、 横にも回ったり。 棒を使わなくても、 その場でクルクルジャンプもできる。
嫌いなもの	特になし。
特　　技	カナデとフィルにとってはお兄さんで、 色々考えるのが得意。

アリスター

好きなもの	色々な場所に行って遊ぶこと。 なんにでも興味を示し、それによってカナデたちと 出会うことになった。
嫌いなもの	特になし。
特　　技	フィルと息の合った攻撃をすること。
頑張っていること	長い時間上手に飛ぶこと。 ただし、練習中に勢いあまって壁を蹴破るのが日常化している。

アビアンナ

好きなもの　家族とカナデたち。

嫌いなもの　エセルバードがいうことを聞かず、いつもお酒を飲みすぎて二日酔いになり、仕事が遅れること。

特技　魔法と剣。雷魔法が得意で、いつもそれでエセルバードをお仕置きしている。

エセルバード

好きなもの	家族とカナデたち。お酒が大好き。 そのせいでよくアビアンナに怒られている。 それが日常化していて、 アリスターがもっと小さい頃、 アリスターにお酒を飲んで怒られるまでが、 好きなんだと思われていた。
苦手なこと	アビアンナに怒られること。
特　技	ドラゴン姿でも人の姿でも、 魔法、剣、体術、なんでも得意。

もふもふが溢れる異世界で幸せ加護持ち生活！

1~5

［著］ありぽん
ARIPON

コミカライズ大好評連載中!!

和やかもふもふファンタジー！

加護持ち1歳児は

最強魔獣たちと自由気ままに成長中！

神様の手違いが元で、不幸にも病気により息を引き取った日本の小学生・如月啓太。別の女神からお詫びとして加護をもらった彼は、異世界の侯爵家次男に転生。ジョーディという名で新しい人生を歩み始める。家族に愛され元気に育ったジョーディの一番の友達は、父の相棒でもあるブラックパンサーのローリー。言葉は通じないながらも、何かと気に掛けてくれるローリーと共に、楽しく穏やかな日々を送っていた。そんなある日、1歳になったジョーディを祝うために、家族全員で祖父母の家に遊びに行くことになる。しかし、その旅先には大事件と……さらなる“もふもふ”との出会いが待っていた!?

1~5巻好評発売中！

◉各定価：1320円（10%税込）　◉illustration：conoco（1～2巻）　高瀬コウ（3巻～）

The Record by an Old Guy in the World of Virtual Reality Massively Multiplayer Online
とあるおっさんのVRMMO活動記
1〜28
椎名ほわほわ
Shiina Howahowa
アルファポリス 第6回 ファンタジー小説大賞 読者賞受賞作!!
累計180万部突破の大人気作
(電子含む)
TVアニメ
2023年10月2日より放送開始!
TOKYO MX・BS11ほか
コミックス 1〜11巻 好評発売中!
超自由度を誇る新型VRMMO「ワンモア・フリーライフ・オンライン」の世界にログインした、フツーのゲーム好き会社員・田《た》中《なか》大《だい》地《ち》。モンスター退治に全力で挑むもよし、気ままに冒険するもよしのその世界で彼が選んだのは、使えないと評判のスキルを究める地味プレイだった!
——冴えないおっさん、VRMMOファンタジーで今日も我が道を行く!
現実じゃ冴えない会社員 でもVRMMOの中では
ネットで人気爆発!
名うてのスキル職人!?
冴えないおっさんのほのぼのVRMMOファンタジー!
第6回アルファポリスファンタジー小説大賞 読者賞受賞作、待望の書籍化!
1〜28巻 好評発売中!
各定価:1320円(10%税込) illustration:ヤマーダ
とあるおっさんのVRMMO活動記 1
現実じゃ冴えないおっさんが 料理生産から冒険まで VRMMOで大活躍!!
シリーズ累計18万部!!
大人気ファンタジー待望のコミカライズ!!
漫 画:六堂秀哉 B6判
各定価:748円(10%税込)
アルファポリスHPにて大好評連載中!
アルファポリス 漫画 検索

Re:Monster
リ・モンスター
1～8.5～9・外伝
暗黒大陸編1～3
金斬児狐
Kanekiru Kogitsune
シリーズ累計
150万部
(電子含む)
突破!
TVアニメ化
決定!!
ネットで話題沸騰
怪物転生
ファンタジー
最弱ゴブリンの下克上物語　大好評発売中!
Re:Monster
リ・モンスター
金斬児狐
転生したのはまさかの最弱ゴブリン!?
ネットで超人気!
怪物転生
ファンタジー
【小説】
1～9巻／外伝／8・5巻
◉各定価：1320円（10%税込）
◉illustration：ヤマーダ
新章
Re:Monster
暗黒大陸編
リ・モンスター
THE DARK CONTINENT
1
金斬児狐
最弱ゴブリン、最強黒鬼　そして新世界の伝説へ!
新たな旅が今始まる!
累計65万部!
新シリーズ!
【小説】
1～3巻（以下続刊）
◉各定価：1320円（10%税込）
◉illustration：NAJI柳田
コミカライズも大好評!
Re:Monster
リ・モンスター
1
転生したのは…最弱ゴブリン!?
異世界下克上
サバイバルファンタジー
累計23万部突破!!
待望のコミカライズ!!
【漫画】
1～10巻（以下続刊）
◉各定価：748円（10%税込）
◉漫画：小早川ハルヨシ

月が導く異世界道中
Tsukiga Michibiku Isekai Dochu
あずみ圭
Azumi Kei
1~18
8.5
シリーズ累計
350万部
(電子含む)
の超人気作!
TVアニメ 第2期
2024年1月から
2クール
放送決定!
月が導く異世界道中
あずみ圭
薄幸系男子の成り上がりファンタジー、開幕!
なんでだろう 親の都合で異世界へ
読者賞受賞作!
待望の書籍化!
異世界へと召喚された平凡な高校生、深澄真。彼は女神に「顔が不細工」と罵られ、問答無用で最果ての荒野に飛ばされてしまう。人の温もりを求めて彷徨う真だが、仲間になった美女達は、元竜と元蜘蛛!? とことん不運、されどチートな真の異世界珍道中が始まった!
月が導く異世界道中
1
あずみ圭
木野コトラ
29万部
とことん不運、されどチート!!
2期までに
原作シリーズもチェック!
漫画：木野コトラ
●各定価：1320円(10%税込)
●illustration：マツモトミツアキ
1~18巻好評発売中!!
●各定価：748円(10%税込) ●B6判
コミックス1~12巻好評発売中!

『自分のキャンプ場を作る』という夢の実現を目前に、命を落としてしまった東村祐介、33歳。だが彼の死は神様の手違いだったようで、剣と魔法の異世界に転生することになった。そこでユウスケが目指すのは、普通とは一味違ったスローライフ。神様からのお詫びギフトを活かし、キャンプ場を作って食う飲む遊ぶ! めちゃくちゃ腕の立つ甘党ダークエルフも、酒好きで愉快なドワーフも、異種族みんなを巻き込んで、ゆったりアウトドアライフを謳歌する……予定!

●定価：1320円（10%税込）　ISBN978-4-434-32814-5　●illustration：宇田川みぅ

転生しても実家を追い出されたので、
今度は自分の意志で生きていきます
tensei shitemo jikka wo oidasaretanode kondo ha jibun no ishi de ikite ikimasu
Nagomi Fuji
著 藤 なごみ
今世でも捨てられましたが、
新しい家族と
元気いっぱい暮らします！
また追い出されたちびっ子の、
人生やり直しファンタジー！
バイト帰りに電車に轢かれて、命を落とした――はずが、目覚めると見知らぬお屋敷にいた！　どうやらここは異世界で、赤ちゃん・アレクとして転生したらしい。前世では実の母に捨てられ苦労した分、今度は自由に生きたい。そう考えたアレクだが、今世でもまた捨てられる運命だと知る。そこで可愛い妹分のリズと魔法を特訓し、来るべき日に備えることに！　やがて四歳を迎えたアレクは、リズと共についに森に捨てられてしまった。だけど極めた魔法で冒険者を始めたり、魔物の大群から町を救ったりと、ちびっ子二人は大活躍で……!?
◉定価：1320円（10％税込）　◉ISBN 978-4-434-32650-9
illustration：呱々唄七つ

この作品に対する皆様のご意見・ご感想をお待ちしております。
おハガキ・お手紙は以下の宛先にお送りください。

【宛先】
〒150-6008 東京都渋谷区恵比寿4-20-3 恵比寿ガーデンプレイスタワー 8F
（株）アルファポリス　書籍感想係

メールフォームでのご意見・ご感想は右のＱＲコードから、
あるいは以下のワードで検索をかけてください。

アルファポリス　書籍の感想　検索

ご感想はこちらから

本書はWebサイト「アルファポリス」（https://www.alphapolis.co.jp/）に投稿されたものを、改題、改稿のうえ、書籍化したものです。

もふもふ相棒《あいぼう》と異世界《いせかい》で新生活《しんせいかつ》!!
神《かみ》の愛《いと》し子《ご》？　そんなことは知《し》りません!!

ありぽん

2023年10月30日初版発行

編集－加藤純・宮坂剛
編集長－太田鉄平
発行者－梶本雄介
発行所－株式会社アルファポリス
〒150-6008 東京都渋谷区恵比寿4-20-3 恵比寿ガーデンプレイスタワー8F
TEL 03-6277-1601（営業）03-6277-1602（編集）
URL https://www.alphapolis.co.jp/
発売元－株式会社星雲社（共同出版社・流通責任出版社）
〒112-0005 東京都文京区水道1-3-30
TEL 03-3868-3275
装丁・本文イラスト－.suke
装丁デザイン－AFTERGLOW
印刷－中央精版印刷株式会社

価格はカバーに表示されてあります。
落丁乱丁の場合はアルファポリスまでご連絡ください。
送料は小社負担でお取り替えします。

ISBN978-4-434-32813-8 C0093